Herzflimmern, Gisa Stoermer

Christina, jung, schön und sehr verwöhnt, verliebt sich auf einem Inlandsflug in den Manager Henning. Als sie durch Zufall erfährt, dass er verheiratet ist, ist es zu spät. Da hat sie längst beschlossen, diesen Mann will sie haben. Sie vertraut seinen Worten. Sie glaubt ihm, dass er sich scheiden lassen wird. Aber sie merkt schnell, dass es nicht so einfach ist, einen verheirateten Mann zu lieben. Schon gar nicht, wenn dieser Mann einen Freund namens Axel hat, der ihr das Leben schwer macht und der nichts unversucht lässt, sie dazu zu bewegen, die Finger von Henning zu lassen. Axel missbilligt das Tun seines Freundes. Er stellt sich auf die Seite der betrogenen Ehefrau und versucht mit allen Mitteln, eine Scheidung zu verhindern. Voller Zuversicht nimmt Christina den Kampf gegen ihn auf. Sie weiß, sie wird siegen, denn sie bekommt ja doch immer das, was sie will.

Gisa Stoermer lebt in Niedersachsen. Die freie Autorin hat sich auf das Schreiben niveauvoller, romantischer Lovestorys spezialisiert.
Ihre Romane sind als Taschenbuch und als E-Book erhältlich.

Bisher erschienen sind:
Sommer in Irland (2014)
Traumfrau (2016)
Herzflimmern (2018)

Gisa Stoermer

HERZFLIMMERN

Roman

Bibliografische Information der Deutschen
Nationalbibliothek.
Die deutsche Nationalbibliothek verzeichnet diese
Publikation in der Deutschen Nationalbiografie;
detaillierte bibliografische Daten sind im Internet über
www.dnb.de abrufbar.

© 2017 Gisa Stoermer
Umschlag Privatfoto
Herstellung und Verlag:
BoD – Books on Demand, Norderstedt
ISBN 9 783746097855

1. Kapitel

Christina konnte sich nicht erinnern, jemals einen Flug erlebt zu haben, der ihr solche Angst machte. Sie war in ihrem Leben schon unzählige Male geflogen. Das erste Mal als Baby im Alter von drei Monaten zusammen mit ihren Eltern in die USA, und angeblich hatte sie sich bei diesem Flug vorbildlich verhalten und keinen Mucks von sich gegeben. Sie war ausgesprochen gerne mit dem Flugzeug unterwegs. Sie genoss dabei den Service der Ersten Klasse, die Aufmerksamkeit der Flugbegleiter und – wenn es sich ergab - ein Gespräch mit den Sitznachbarn. Wenn man Glück hatte, konnte man interessante Menschen aus aller Welt kennen lernen und sich aufs Angenehmste die Zeit mit einer angeregten Unterhaltung vertreiben. Wenn man Pech hatte, geriet man an einen schwer beschäftigten Geschäftsmann, der seinen Kopf über wichtige Akten gebeugt hielt und deutlich signalisierte, dass er für eine Plauderei weder Zeit noch Interesse hatte.

Während dieses Fluges hatte auch Christina kein Interesse daran, nette Menschen kennen zu lernen. Sie wollte, dass der Airbus endlich München erreichte und sie wieder festen Boden unter ihren Füßen spürte. Sie hatte Angst. Zum ersten Mal in ihrem Leben hatte sie Flugangst. Und dazu hatte sie ihrer Meinung nach auch allen Grund. Ein Blick aus dem Kabinenfenster genügte, um in Panik zu geraten. Draußen tobte ein schlimmes Unwetter. Der Himmel war bedeckt von schwarzen Wolken, aus denen in kurzen Abständen Blitze zuckten, die für Sekunden die gespenstische Dunkelheit erhellten. Unablässig klatschten Regentropfen gegen die Scheiben des Flugzeuges. Das Wetter in Berlin war kaum besser gewesen. Die Maschine hatte trotzdem die Starterlaubnis bekommen. Es konnte also keine Gefahr bestehen, sonst wäre der Abflug verschoben worden. Christina wusste das. Dieses Wissen verringerte jedoch ihre nervöse Unruhe und ihr heftiges Herzklopfen nicht im Geringsten. Wäre doch bloß Karla jetzt bei ihr, die in dieser Situation, trotz ihrer sonstigen Forschheit, ganz sicher auch ängstlich gewesen wäre. Sie hätten sich an den Händen halten und sich gegenseitig Mut machen können. Das wäre viel wert gewesen. Aber nach einem vergnüglichen gemeinsamen langen Wochenende in der Hauptstadt war ihre Freundin am Mittag nach Stockholm geflogen, um dort mit ihren Eltern Urlaub zu machen.

»Du musst keine Angst haben«, sagte zwischen zwei heftigen Turbulenzen, die Christinas Magen unangenehm in die Höhe hoben, der Mann neben ihr. Bisher hatte er seelenruhig dagesessen und Zeitung gelesen.

»Das versuche ich mir auch einzureden«, antwortete Christina, ohne den Kopf in seine Richtung zu wenden. Ihre Hände umklammerten beide Sitzlehnen so fest, dass ihre Knöchel weiß hervortraten. »Aber ich habe Angst! Ich habe zwar vor kurzem gelesen, dass blonde Menschen irgendwann aussterben werden. Aber ich finde, das muss nicht gerade heute sein.«

Sie hörte sein leises Lachen. Es klang nett, und sie wunderte sich, dass sie das in dieser Situation überhaupt wahrnahm.

»Solange du deinen Humor nicht verlierst, ist alles halb so schlimm.«

»Das ist Galgenhumor«, klärte Christina ihn auf. Sie kniff die Augen zu und krampfte erneut ihre Hände um die Lehnen. Der Airbus war in die nächsten Turbulenzen geraten. Das Rütteln der Maschine sowie die ungleichmäßigen Motorengeräusche trugen nicht dazu bei, ihre Angst zu verringern. Und schon gar nicht der erschrockene Aufschrei eines weiblichen Passagiers im hinteren Teil der Maschine.

»Das halte ich nicht länger aus«, sagte Christina mit zitternder Stimme.

Plötzlich lag eine Hand auf ihrer. Es war eine große Hand, die sich warm und stark und vertrauenerweckend anfühlte.

»Sei ganz ruhig«, sagte die Stimme, die zu dieser tröstenden Hand gehörte. »Die Stewardessen gehen herum, und sie lächeln immer noch. Also ist alles in Ordnung.«

»Tun sie das? Ich habe es nicht gesehen. Ich hatte meine Augen zu.«

»Ich weiß. Ich dachte, du schläfst.«

»Schlafen?! Ich kann doch bei diesem Flug nicht schlafen! - Nein! Nicht schon wieder!«

Christina konnte hinterher nicht mehr sagen, wie es passierte. Plötzlich lag sie an der Brust ihres Sitznachbarn und klammerte sich an sein Jackett. Das wurde ihr erst bewusst, als es wieder ruhiger wurde.

»Entschuldigung«, murmelte sie reichlich verwirrt, während sie sich hastig und ein klein wenig verlegen aufrichtete.

»Bleib nur so, wenn es dir hilft.«

»Darf ich wirklich?«, fragte sie mit einem kurzen Blick in sein Gesicht. Durch sein zustimmendes, freundliches Nicken ermuntert, schob Christina die Armlehne zwischen den beiden Sitzen hoch und kehrte erleichtert zurück an seine Brust. Es half sehr, in den Armen des Mannes zu sein. Seine Hände zu spüren, die sanft über ihr Haar strichen, seinen ruhigen Herzschlag zu hören, nahm ihr einen Großteil der Angst. Er schien sich wirklich keine Sorgen zu machen, denn sein Herz schlug ruhig und gleichmäßig. Das leise Pochen, das ihr Ohr wahrnahm, beruhigte sie schnell.

Die fragende Stimme einer Stewardess holte Christina aus ihrer Behaglichkeit heraus zurück in den Airbus auf seinem Flug von Berlin nach München. »Ist alles in Ordnung, Herr Westermann?«

»Ja, danke. Alles ist bestens.«

»Die Turbulenzen sind gleich vorbei. In zwanzig Minuten landen wir in München. Dort ist wunderschönes Wetter.«

Bei dieser erfreulichen Nachricht richtete Christina sich langsam auf. Ungern zwar, denn sie hatte sich dort, wo sie sich zuletzt aufgehalten hatte, sehr wohlgefühlt. Aber sie konnte schließlich nicht ewig in den Armen dieses Mannes bleiben.

Die gutaussehende Flugbegleiterin sah ihr mit professioneller Freundlichkeit ins Gesicht. »Soll ich Ihnen etwas zu trinken bringen, Frau Steinberger? Einen Cognac vielleicht?«

»Nein, vielen Dank. Es geht mir gut.«

Auch ihr Sitznachbar sah sie lächelnd an und zeigte ihr dabei ein tadelloses Gebiss, das er sicher nicht einer guten Fee, sondern einem guten Zahnarzt zu verdanken hatte.

»So, du heißt also Frau Steinberger?«, fragte er augenzwinkernd.

»Ich heiße Christina«, lachte Christina ihn an. »Und Sie sind Herr Westermann.«

»Das hast du mitbekommen trotz Versteckens unter meinem Jackett?«

»Ja, natürlich habe ich das. - Muss ich Herr Westermann zu Ihnen sagen?«, fragte sie kess. Ihre Angst war fort. Jetzt wollte sie ihm zeigen, dass sie Schneid hatte und keineswegs das ängstliche kleine Mädchen war, für das er sie jetzt bestimmt halten würde.

»Ich heiße Henning. Und da ich so ungezogen war, dich einfach zu duzen, darfst du auch ‚du‘ zu mir sagen, wenn du möchtest.«

»Ja, das möchte ich.«

Die Turbulenzen waren vorüber, der Airbus glitt ruhig durch die Atmosphäre. Christinas Angst war fort. Jetzt war Zeit, ihren Retter genauer anzusehen. Als er sich in Berlin neben sie gesetzt hatte, hatte sie nur kurz von ihrer Zeitschrift hochgesehen, seinen Gruß erwidert und dann weitergelesen. Sobald er saß, hatte sie ihn immer wieder verstohlen aus den Augenwinkeln beobachtet. Kaum angeschnallt, schlug er das Wallstreet Journal auf, das er sich beim Betreten der Maschine hatte geben lassen, und studierte seitdem die Börsenkurse. Er wirkte ziemlich reserviert, beinahe kühl; er würde an einer Unterhaltung nicht interessiert sein. Deshalb hatte sie erst gar nicht versucht, mit ihm ins Gespräch zu kommen, sondern hatte sich in ihre Zeitschrift vertieft. ‚Reserviert und kühl‘, das war Christinas Eindruck in Berlin gewesen. Aber nun, kurz vor der Landung in München, hatte sie eine ganz andere Meinung von ihm. Sie sah aufmerksam in das Gesicht des Mannes, und was sie sah, gefiel ihr. Obwohl er schon ziemlich alt war - sie schätzte ihn auf Mitte Dreißig – sah er richtig gut aus. Er hatte männliche, markante Züge, altersbedingte Falten auf der Stirn und um die Augen herum und auf der linken Wange eine kleine Narbe, die aber die Attraktivität seines Gesichtes nicht minderte. So manche Frau würde ihn sicher um seinen sinnlichen Mund beneiden und davon träumen, von diesen Lippen geküsst zu werden. Sein hellbraunes, dichtes Haar war modisch kurz geschnitten. Davon, dass sein Oberkörper athletisch muskulös war, hatte sich Christina bereits überzeugen können. Trotz seines Berufes nahm er sich anscheinend Zeit für den Besuch eines Fitnessstudios. Er war sehr gut gekleidet mit einem englischen Tweed-Jackett, brauner Cordhose und einem gelben Polohemd. Sein teures Rasierwasser roch aufregend gut. Der ganze Mann sah aus wie ein erfolgreicher Berliner Manager auf dem Weg zu Geschäftsverhandlungen nach München. Das Beeindruckendste an ihm waren jedoch seine Augen.

Sie hatten ein so strahlendes Blau, wie Christina es noch nie zuvor bei einem Mann gesehen hatte. Mit diesen Augen bekommt er sicher jede Frau rum, dachte sie spontan. Und sie fühlte, dass immer, wenn er sie mit diesen blauen Augen ansah, Millionen von Schmetterlingen in ihrem Bauch tanzten. Es war ein sehr angenehmes, aber auch reichlich verwirrendes Gefühl. Sie war vor kurzem neunzehn Jahre alt geworden, und sie hatte schon eine ziemlich große Anzahl von Jungen geküsst. Um die Wahrheit zu sagen, sie küsste ausgesprochen gerne. Aber solch ein Kribbeln im Bauch, das ihr der Blick in die Augen dieses fremden Mannes bereitete, hatte sie noch niemals gespürt. Sie wunderte sich darüber, denn sie stand überhaupt nicht auf ältere Männer. Eine Erklärung für dieses merkwürdige, irgendwie irritierende Gefühl konnte nur ihre große Dankbarkeit und Erleichterung darüber sein, dass er spontan seine sicher schrecklich wichtigen Börsenkurse beiseitegelegt und ihr in ihrer Not beigestanden hatte.

»Schade, wir können nicht einmal Brüderschaft trinken«, bedauerte Christina. Sie schaute dabei noch einmal in diese beeindruckenden blauen Augen.

»Soll ich die Stewardess fragen, ob wir auf die Schnelle noch etwas zu trinken bekommen?«, fragte Henning amüsiert.

Christina schüttelte den Kopf. »Nein, ich habe eine bessere Idee. Als Dank, dass Sie ... dass du mich gerettet hast, lade ich dich zu einem Münchner Bier ein.« Erwartungsvoll sah sie ihn an. Als er nicht sofort antwortete, fügte sie forsch hinzu: »Wenn du keine Zeit hast, ist es auch nicht schlimm. Aber es wäre schade. Du weißt nicht, was du versäumst. München ist bekannt für seine Biere.«

Henning sah belustigt auf Christina. Sie war wohl das schönste Mädchen, das er jemals in seinem Leben gesehen hatte. Sie anzusehen, raubte ihm beinahe den Atem.

Den anderen männlichen Fluggästen ging es wohl nicht anders. Henning beobachtete seit fast zwei Stunden, wie sie ihn um seinen Sitzplatz beneideten, wie sie immer wieder von ihren Wirtschaftsmagazinen oder Akten hochsahen, um einen Blick auf das wunderschöne Mädchen neben ihm zu werfen. Sie sah einfach atemberaubend aus mit ihrem langen gelockten blonden Haar, dem ebenmäßigen Gesicht mit den großen dunkelgrünen Augen und einem Mund, der zum Küssen verführte. >Mein Gott<, war alles gewesen, was ihm beim Betreten der Ersten Klasse durch den Kopf geschossen war. Zu weiteren Gedanken war er nicht mehr fähig gewesen. Die Schönheit der jungen Frau, neben der er das Glück hatte, sitzen zu dürfen, hatte ihm glatt die Sprache verschlagen. Er musste sich zusammenreißen, sie nicht ungebührlich lange anzustarren wie ein pubertierender Teenager. Mit Mühe war es ihm gelungen, eine geschäftsmäßige Miene aufzusetzen, knapp zu grüßen und sich dann gleich hinter seiner Zeitung zu verstecken. Das schöne Mädchen hatte ihn nur kurz angesehen, mit einem kleinen Lächeln seinen Gruß erwidert und sich dann ebenfalls in ihre Zeitschrift vertieft. Aus diesem Grund kam kein Gespräch zwischen ihnen zustande. Es war beinahe lächerlich, aber Henning wusste zum ersten Mal in seinem Leben nicht, wie er ein Gespräch beginnen sollte. Er ärgerte sich eine Weile darüber, während er in seine Zeitung starrte, ohne ein Wort zu lesen. Doch dann hatten sich die Ereignisse überschlagen. Und jetzt duzten sie sich bereits, lachten miteinander und sprachen von einem gemeinsamen Besuch eines Münchener Biergartens. Es war ein tiefes Glücksgefühl, das Henning durchströmte und das ihn innerlich wärmte. Lange vergessen, aber verlockend und aufregend, gleichzeitig aber auch gefährlich. Er täte gut daran, auf sich und seine Gefühle achtzugeben. Auch diese Botschaft kam bei ihm an. Denn die Schmetterlinge im Bauch hatte er seit Jahren nicht mehr gespürt. Er hatte fast vergessen, wie es sich anfühlte. Aber es machte ihm Angst. Dieses Mädchen könnte ihm gefährlich werden, das ahnte er. Deshalb zögerte er, auf ihr Angebot einzugehen. Seine Bedenken währten jedoch nur kurz, dann schüttelte er über sich selber den Kopf. Er war weit über dreißig, also ein erwachsener Mann! Er war Herr der Lage, und er allein bestimmte, was ihm gefährlich werden konnte! Mochte sein Herz auch noch so sehr klopfen.

»Ich habe Zeit«, sagte Henning und sah dabei in zwei strahlende Augen. »Und ein Münchner Bier würde ich gerne probieren.«

Eine knappe Stunde später saßen Christina und Henning gutgelaunt in einem Biergarten. Henning hatte sich in seinem Hotel nur kurz eingeschrieben, sein Gepäck auf das Zimmer bringen lassen und war wenige Minuten später wieder bei Christina, die draußen vor ihrem Auto auf ihn wartete. Zu Fuß schlenderten sie die Berliner Straße entlang, bis sie den Englischen Garten mit seinen zahlreichen Biergärten erreichten. Dort suchten sie sich einen Platz unter den in voller Blüte stehenden Bäumen. Es war ein lauer Sommerabend, die Strahlen der im Westen stehenden Sonne fielen durch die Blätter und malten interessante Muster auf die Holztische. Noch waren nicht alle Plätze unter dem dichten Laub besetzt. Schon bald würde das anders aussehen, wenn Büros und Geschäfte in der Innenstadt schlossen und Angestellte und Passanten sich mit Lust auf ein kühles Bier auf den Weg in die Lokale machten.

Christina orderte bei einer in feschem Dirndl gekleideten Kellnerin die Getränke, und als das Gewünschte nach kurzer Zeit kam, hob Henning sein Glas und prostete Christina zu.

»Biergarten war eine ausgezeichnete Idee von dir. Es ist sehr gemütlich hier. Und das Bier schmeckt sehr gut«, fügte er nach einem kräftigen Schluck aus dem Glas hinzu.

»In München gibt es unzählige Biergärten und Brauhäuser. Das Hofbräuhaus zum Beispiel ist wohl für Touristen das bekannteste. Es ist dir sicher auch ein Begriff. Wir haben in der Stadt aber nicht nur Kulinarisches, sondern auch sehr viel Kulturelles zu bieten. - Bist du schon einmal in München gewesen?«

»Ja, ein oder zwei Mal. Aber ich war leider immer so beschäftigt, dass ich kaum etwas von der Stadt gesehen habe.«

»Also bist du geschäftlich hier?«

»Ja.« Mehr sagte Henning nicht dazu.

»Wie lange bleibst du?«

»Ich weiß es noch nicht. Einige Tage werden es wohl sein.«

Wieder fiel Hennings Antwort etwas verhalten aus. Nicht, weil er etwas zu verbergen hatte, sondern weil er ahnte, worauf Christinas Fragen hinausliefen. Er wollte auf keinen Fall eine Verabredung mit ihr treffen, und wollte ihr keine Gelegenheit geben, ihn darum zu bitten. Sie wirkte so ungeheuer selbstbewusst, sie würde sich nicht scheuen, es zu tun. Diese Selbstsicherheit bei einem so jungen Mädchen konnte nur bedeuten, dass sie reiche Eltern hatte und sie in dieser Sicherheit und Geborgenheit aufgewachsen war, die nur großer Reichtum geben kann. Ihr Auto zeugte davon, ebenso ihre Kleidung. Christina trug zwar die Einheitskleidung junger Leute; Jeans, T-Shirt und Lederjacke waren jedoch edle und teure Designerstücke. Ihre ganze Erscheinung sprach dafür, dass er recht hatte, sie kam aus einem wohlhabenden Elternhaus. Davon abgesehen war sie eine sehr nette junge Frau, die er nicht mit einer brüsken Zurückweisung kränken wollte. Da war jetzt wohl ein Themenwechsel angebracht.

»Du bist keine echte Münchnerin, nicht wahr?« Mit dieser Frage gelang es Henning geschickt, dem Gespräch eine andere Richtung zu geben.

Christina war zwar jung, aber keineswegs auf den Kopf gefallen. Sie bemerkte natürlich, dass Henning, aus welchen Gründen auch immer, weder über seine Geschäfte noch über die Dauer seines Aufenthaltes in München sprechen wollte. Das würde sie erst einmal akzeptieren, es gab schließlich genügend andere Themen, über die sich zwei Menschen unterhalten konnten. Ihre Neugier konnte warten. Sie würde schon noch erfahren, was sie wissen wollte.

»Das stimmt«, nickte Christina. »Ich bin eine deutsch-schweizerische Mischung. Mein Vater ist Schweizer. Es war ihm wichtig, dass ich in der Schweiz geboren wurde. Ich bin aber in München aufgewachsen.«

»Hast du etwas zu tun mit dem Bankhaus Steinberger gegenüber vom ‚Bayerischen Hof‘? Oder ist der Name Zufall?«

»Nein, das ist kein Zufall. Mein Vater ist Bankier und das Gebäude, das du gesehen hast, ist seine Münchner Bank. Wann ist dir der Name aufgefallen?«

»Als ich aus dem Hotel kam. Es ist ein sehr beeindruckendes Gebäude. Eines Schweizer Bankiers würdig, möchte ich sagen.«

»Das ist zwar ein Klischee, aber es stimmt wohl. – Das Haus gehört unserer Familie seit Anfang des 19. Jahrhunderts. Da hat sich ein Zweig der Steinberger-Familie in München niedergelassen. Mein Großvater könnte dir die ganze Familiengeschichte mit den genauen Daten erzählen. Er hat sie komplett im Kopf. Ich müsste erst in der Familienchronik nachlesen.«

»So, so. Es gibt also eine Familienchronik«, lächelte Henning. »Und einen Großvater gibt es auch.«

»Oh ja. Einen sehr geliebten Großvater. Trotz seines Alters leitet er immer noch den Hauptsitz in Genf. Mein Vater kümmert sich um die Niederlassungen in München, London und New York. Du kannst dir also vorstellen, dass er nicht sehr oft zu Hause ist.«

14

»Armes Mädchen«, sagte Henning mit einem Augenzwinkern.

»Nein, so schlimm ist es nicht«, versicherte Christina lächelnd. »Wenn es sich einrichten ließ, hat er seine größeren Reisen in die Schulferien gelegt, damit ich mitfahren konnte. Daher habe ich meine Sommerferien fast immer in den USA und in England verbracht. Das war eine gute Gelegenheit, die Sprache zu lernen.«

»Wie viele Sprachen sprichst du?«

»Ich bin zweisprachig aufgewachsen, deutsch-französisch. In der Schule kam dann noch Englisch dazu. Und Latein natürlich.«

»Deine Mutter ist Deutsche?«

»Ja. Aus dem Grund habe ich zwei Staatsbürgerschaften.«

»Als was fühlst du dich? Als Deutsche oder Schweizerin?«

»Sowohl als auch, würde ich sagen. Durch einige Schuljahre in Genf habe ich viele Freunde in der Schweiz, und ich habe in München viele Freunde. Ich finde, man ist dort zu Hause, wo man Freunde hat.«

›Nicht nur schön, sondern auch intelligent‹, dachte Henning beeindruckt. Ob er wollte oder nicht, das Mädchen faszinierte ihn immer mehr.

»Gehst du schon zur Uni?«

»Nein, noch nicht. Ich habe nämlich nicht nur ein Auto, sondern auch ein Jahr Ferien geschenkt bekommen. Weil ich mein Abitur mit Note Eins gemacht habe.«

»Alle Achtung, ich bin beeindruckt. Herzlichen Glückwunsch.«

»Danke. Als Belohnung gab es ein Auto von meinen Eltern und eine Weltreise von meinem Großvater. Die Reise mache ich im Herbst mit meiner Freundin Karla. Wir wollen im australischen Frühling starten und erst heimkommen, wenn auch hier wieder Sommer ist. Ich freue mich schon sehr darauf.«

»Und danach? Nach dem Vergnügen? Welche Pläne hast du für die Zukunft?«

»Ich werde Jura studieren. Zuerst in Harvard, dann in Oxford und dann in ... Ich weiß noch nicht. Vielleicht in der Schweiz, vielleicht in Deutschland.«

»Kluges kleines Mädchen. Als ich dich vorhin im Flieger gesehen habe, habe ich gedacht, du bist irgendein berühmtes Model.«

»Model? Ich? Um Himmels willen! Wie kommst du auf diese Idee?«

»Träumt nicht jedes Mädchen davon, entdeckt zu werden?«

»Nein, ich nicht. Meine Eltern würden das auch niemals erlauben, auch wenn ich es wollte.«

»Ich kann deine Eltern verstehen. Obwohl es für die Modewelt ein Verlust ist. Du wärst bestimmt ein Topmodel geworden.«

»Ja? Findest du?« Christina sah in Hennings blaue Augen, auf seinen Mund und verspürte plötzlich den heftigen Wunsch, er möge sie küssen.

Henning hatte den gleichen Gedanken. Er stellte mit Verwunderung, aber auch mit einer gewissen Unruhe fest, dass er diesen Mund, der so bezaubernd lachen konnte und der ihm verführerisch nah war, nur zu gerne küssen würde. Er wehrte sich sofort gegen dieses Gefühl, das so gar nicht seinem Naturell entsprach. Er war weder ein Frauenheld noch ein Draufgänger, sondern eher ein bodenständiger Typ. Aufregung und Ablenkung gab es genug in seinem Beruf, ein Wunsch nach mehr Turbulenz war praktisch nicht vorhanden. In seinem Leben gab es keinen Platz für ein Abenteuer mit einer schönen Neunzehnjährigen.

Einige Stunden später jedoch, als er sich vor seinem Hotel von Christina verabschiedete, überraschte Henning sich selbst mit seiner spontanen Frage: »Hast du Lust, morgen Abend mit mir essen zu gehen?«

Die Frage war heraus, ohne dass er darüber nachgedacht hatte. Und gewollt hatte er es auch nicht. Aber nun war es geschehen, ein Zurück gab es nicht. Er unterdrückte einen leichten Ärger über sich selbst. >Es ist doch nur ein Essen<, versuchte er sich zu beruhigen. >Ich habe die Situation im Griff!<

Im Überschwang ihrer Gefühle hätte Christina Henning am liebsten umarmt. Sie hatte es geschafft. Er hatte die erhoffte Frage gestellt, auf die sie den ganzen Abend gewartet hatte.

»Ja, sehr gerne«, sagte sie stattdessen artig. »Soll ich dich vom Hotel abholen?«

»Das wäre sehr nett. Ist dir sieben Uhr recht?«

»Ja, das passt mir. Ich freue mich.«

»Ich mich auch.«

Ein Blick, ein kurzer Händedruck, jedoch kein Kuss zum Abschied. Es gab nicht einmal ein Küsschen auf die Wange. Nach den netten gemeinsam verbrachten Stunden hatte sich Christina mehr erhofft. Ein wenig enttäuscht schloss sie ihren Wagen auf und stieg ein. Im Rückspiegel beobachtete sie, dass Henning wartete, bis sie den Gang einlegte und Gas gab, dann hob er die Hand zum Gruß. Erst als sie sich in den fließenden Straßenverkehr einfädelte, wandte er sich dem Eingang des Hotels zu. Christinas Enttäuschung verflog schnell. Das breite Lächeln, das auf ihrem Gesicht erschien, verließ sie auf dem gesamten Heimweg nicht.

2. Kapitel

An jedem der nachfolgenden Tage lenkte Christina ihren Wagen durch den Verkehr der Münchener Innenstadt, bis sie das Luxushotel ‚Bayerischer Hof' erreichte. Und gleichgültig, ob sie zehn oder auch nur fünf Minuten früher am Ziel war, Henning stand immer schon wartend vor der Eingangstür. Er freute sich, sie zu sehen, er unternahm gerne etwas mit ihr, das war unschwer zu erkennen. Trotzdem fragte sich Christina, warum er sie tagsüber nie anrief, obwohl er ihre Telefonnummer kannte. Er hatte sie auch nicht ermuntert, ihn in seinem Hotel anzurufen, und Christina hütete sich davor, es zu tun. Ihre Verabredungen für den folgenden Abend trafen sie jedes Mal beim Abschiednehmen nach gemeinsam in der Stadt verbrachten Stunden. Christina wunderte sich zwar über Hennings Verhalten, aber sie nahm es hin. Sie vermutete, er habe den ganzen Tag über Besprechungen und erst am Abend Zeit für Privates. Sie freute sich, dass er sich überhaupt mit ihr traf. Jeden Morgen beim Aufwachen sehnte sie den Abend herbei, wenn sie diesen umwerfend charmanten, liebenswerten Mann wiedersehen würde. Bei aller Euphorie bei dem Gedanken an Henning bereitete ihr der Verdacht ein wenig Kummer, ob sie ihm vielleicht zu jung war. Anders ließ sich sein zurückhaltendes, beinahe schon überkorrektes Benehmen ihr gegenüber nicht erklären. Ein kleiner Trost war, dass er sie nicht für ein Dummerchen hielt, sondern anscheinend die Gespräche mit ihr mochte. Der oftmals kontroverse Gedankenaustausch schien ihm zu gefallen, und zu Vielem fragte er nach ihrer Meinung. Das machte sie stolz. Ein Empfinden, das sie bei den jungen Männern ihres Freundeskreises noch nie gehabt hatte. Dort sagte sie ihre Meinung ohne darüber nachzudenken, wie das bei denen ankam. Henning akzeptierte ihre Meinung, auch wenn er diese nicht immer teilte. Das gefiel ihr. Er gab ihr niemals das Gefühl, zu unreif für ein ernsthaftes Gespräch zu sein, sondern behandelte sie wie einen gleichwertigen Gesprächspartner. Sie konnte über alles mit ihm reden, mal ernsthaft, mal leichthin mit viel Lachen und Scherzen. Henning war so vollkommen anders als ihre gleichaltrigen Verehrer. Christina liebte es, mit ihm zu debattieren und zu diskutieren, und sie freute sich über die Aufmerksamkeit, mit der er ihr zuhörte. Sie liebte es, mit ihm zusammen zu sein. Auch die interessierten Blicke der Frauen zu sehen, die dem attraktiven Mann an ihrer Seite galten, machte ihr Spaß. Und sie freute sich seit einigen Tagen noch mehr als sonst über die bewundernden Blicke der Männern, die ihr galten, und die Henning nicht verborgen blieben, das merkte sie an seinem Verhalten. Er sagte jedoch nie etwas darüber.

»Schade, dass du so wenig Zeit hast«, sagt Christina am Freitagabend zu Henning. Wie fast an jedem Tag in dieser Woche saßen sie auch heute wieder in der kleinen Weinstube nahe der Frauenkirche, in der schummriges Kerzenlicht auf den Tischen für eine gemütliche Atmosphäre sorgte. Henning schien dieses Lokal besonders zu mögen und Christina stimmte stets amüsiert seinem Vorschlag zu, dort den Abend ausklingen zu lassen. »Es gibt so viel zu sehen in München. Schloss Nymphenburg, viele schöne Kirchen, all unsere Museen.«

»Ja, ich weiß. Ich würde mir das alles sehr gerne ansehen. Aber leider habe ich keine Zeit dafür.«

»Nein, du musst von morgens bis abends arbeiten, du Armer. Aber ich glaube, du hast fast alles gesehen, was man sich abends in München ansehen kann.«

»Mit solch einer netten Fremdenführerin macht es auch Spaß, sich die Sehenswürdigkeiten einer Stadt anzusehen. – Übrigens, ich habe morgen einen freien Tag.«

»Oh toll! Dann machen wir ...«

Lachend legte Henning seine Hand auf Christinas. »Ich möchte eigentlich gar nichts tun, sondern nur faulenzen. Ich habe einige harte Tage hinter mir, da ist mir einfach mal nach Nichtstun«, gestand er. »Gibt es am Starnberger See ein Schwimmbad?«

»Nur private.«

»Wie bitte?«

»Um den ganzen See herum gibt es fast nur Privatgrundstücke. Es gibt nur ganz wenige Plätze, wo der 'Normalbürger' schwimmen kann. Aber bei uns zu Hause können wir schwimmen. Im See, im Pool oder bei schlechtem Wetter im Hallenbad.«

»Nicht schlecht.«

»Möchtest du kommen? Obwohl du meine Eltern leider nicht kennen lernen wirst. Sie sind heute zu Großvater nach Genf geflogen.«

»Und lassen dich allein zu Hause?«

»Warum nicht? Ich bin doch kein Kind mehr. Außerdem bin ich nicht allein im Haus. Tilde und Max sind da.«

»Wer sind Tilde und Max?«

»Tilde ist unsere Haushälterin, Max der Gärtner. - Möchtest du kommen?«

»Ja, gerne. Wenn Tilde und Max nichts dagegen haben?«

»Das wäre ja noch schöner! Wir werden einen wundervollen Tag haben. Wir können das Boot nehmen und segeln gehen. Wir können im See schwimmen ...«

»Das ist ein umfangreiches Programm«, lachte Henning. »Du schwimmst gerne? Und bist eine begeisterte Seglerin?«

»Ja, das stimmt. Außerdem spiele ich gerne Tennis und ich laufe gerne Ski.«

»Das ist eine ganze Menge Sport«, bemerkte Henning beeindruckt. »Gibt es sonst noch irgendwelche Sportarten, die du magst?«

»Eishockey, aber nur als Zuschauer.«

»Interessant. Wie steht es mit Boxen?«

»Boxen? Um Himmels willen, das ist das letzte, was mich interessieren würde!«

»Warum?«

»Ich hasse dieses widerliche Aufeinanderlosprügeln, solange bis Blut fließt oder einer halbtot auf dem Boden liegt. Ekelhaft. Man muss diese Boxer nur ansehen, dann weiß man, dass sie nichts im Kopf haben. Können sie ja auch nicht, bei den Schlägen, die sie bekommen.«

»Was ist mit Max Schmeling? Oder Muhamed Ali? Falls dir die beiden ein Begriff sind?«

»Natürlich sind sie das«, erwiderte Christina, leicht empört darüber, dass Henning anscheinend in Sachen Sport an ihrer Allgemeinbildung zweifelte. »Aber die beiden waren Ausnahmesportler, die es so heute gar nicht mehr gibt. Ich glaube, heute ist Boxen etwas für Zuhälter und andere Unterweltsgrößen, wobei sie ihr schmutziges Geld verwetten können. Ich bin sicher, alle Kämpfe sind gekauft, das Ergebnis steht vorher schon fest.«

»Das war früher vielleicht so, im Amerika der zwanziger, dreißiger Jahre, aber heute doch nicht mehr.«

»Bist du sicher?«

»Ganz sicher. Aber sag mal, wenn du Prügeleien verabscheust, warum magst du dann Eishockey? Da geht es doch auch nicht gerade zu wie bei der Friedensnobelpreisverleihung.«

Christina lachte. »Jetzt hast du mich erwischt. Ich mag Eishockey gerade, weil es ein hartes, körperbetontes Spiel ist. Da steckt ein Widerspruch drin. Ich habe noch nie darüber nachgedacht.«

»Ich nehme dich einmal mit zu einem Boxkampf. Danach wirst du es hoffentlich auch mögen. Und du wirst dich wundern, wie viele Frauen bei einem Kampf in der Halle sind und leidenschaftlich mitfiebern.«

»Du bist Boxfan, nicht wahr?«, fragte Christina mit einem ziemlich heftig klopfenden Herzen. Die Bedeutung der Worte, die Henning gerade gesprochen hatte, lag für sie klar auf der Hand. Er wollte sie wiedersehen. Er wollte sie mitnehmen zu einem Boxkampf, weil es ihm wichtig war, dass sie die Dinge mochte, denen seine Leidenschaft gehörte.

»Während meiner Schulzeit habe ich selber mal geboxt. Ich war als Junge ein schwächlicher Typ, der sich nicht gegen die Großen behaupten konnte, und den sie sich deshalb immer wieder vornahmen. Bis mein Vater mich zum Boxunterricht schickte. Das hat geholfen, plötzlich konnte ich mir Respekt verschaffen. Ich bin aber nicht dabei geblieben. Ich habe einige Sportarten ausprobiert, konnte mich aber für keine so begeistern, um es professionell zu machen. Stattdessen habe ich BWL und Jura studiert und bin dann Sportmanager geworden.«

»Was macht ein Sportmanager?«, fragte Christina interessiert

»Er kümmert sich um unterschiedlichste Sportler, um die Verträge mit ihren Vereinen, Verbänden usw. Er sorgt dafür, dass Gagen und Preisgelder gezahlt werden und dass sie lukrative Werbeverträge bekommen. Kurz gesagt, er ist Mädchen für alles. Außerdem noch Freund, Kindermädchen, Reisebegleiter, Finanzberater, und hin und wieder sogar Psychiater.«

»Das klingt sehr interessant, aber auch nach viel Arbeit. Lohnt sich der Aufwand?«

Henning lachte bei dieser Frage. »Ich bin nach Beendigung meines Studiums vor etlichen Jahren in die Sportagentur meines Vaters eingetreten. Wir teilen uns die Arbeit und sind sehr erfolgreich. Beantwortet das deine Frage?«

»Entschuldige, dass ich so vorlaut bin. Aber …«

»Du kannst mir jede Frage stellen. Außerdem mag ich es, wenn du vorlaut bist.«

»Ja, wirklich? Da bist du aber wohl der Einzige, der das mag. Tilde schimpft immer mit mir, wenn ich, ihrer Meinung nach, mal wieder zu kess, also nicht damenhaft genug bin.«

»Ist sie streng, deine Tilde?.«

»Aber nein, überhaupt nicht. Sie ist eine ganz liebe. Wenn du magst, kannst du sie morgen kennenlernen.«

»Du hast mich neugierig gemacht. Ich glaube, ich möchte sie kennenlernen.«

»Dann kommst du?«, fragte Christina mit Herzklopfen.

»Sehr gerne«, sagte Henning. Ihr Gesicht spiegelte deutlich ihre Freude wider, ihre Augen strahlten ihn so sehr an, dass er nicht anders konnte. Spontan beugte er sich vor und drückte einen leichten Kuss auf ihre Wange.

3. Kapitel

Pünktlich zum Mittagessen kam Henning mit einem Leihwagen vor der Steinberger Villa in Starnberg vorgefahren. Christina hatte ihm den Weg so gut beschrieben, dass er ohne Probleme sein Ziel fand. Er fuhr die weißgekalkte Backsteinmauer entlang, die das Grundstück umschloss. Als er das hohe, schmiedeeiserne Tor vor sich auftauchen sah, bog er rechts ein. Die kurze Auffahrt wurde auf beiden Seiten von Rhododendronbüschen gesäumt, deren bunte Blütenpracht das Auge des Betrachters erfreute, und endete nach wenigen Metern vor dem Haus. Neben der breiten Steintreppe parkte Henning das Auto. Beim Aussteigen warf er einen anerkennenden Blick auf die weiße Gründerzeitvilla, die nicht nur wegen ihres Baustils, sondern auch wegen der hohen Sprossenfenster mit den grünen Klappläden und der schweren Eichenholztür, zu der einige Stufen hinaufführten, seine Bewunderung fand. Das Haus, der kiesbedeckte Vorplatz, die Rosenrabatten entlang der Gebäudefront, der englische Rasen, alles atmete Reichtum und Gediegenheit. Obwohl er selber eine Villa bewohnte und nicht gerade ein armer Mann war, war Henning beeindruckt. Hier wohnte unübersehbar alter Geldadel.

Henning bemerkte zu seiner Verwunderung, dass er etwas nervös war, als er die wenigen Stufen zur Haustür hinaufstieg. Der bronzene Türklopfer in Gestalt eines Löwenkopfes diente heute nur noch der Zierde; Henning drückte auf den Klingelknopf links neben der Tür. Es dauerte nicht lange, bis die Tür geöffnet wurde. Eine ältere, mollige Frau stand vor ihm. Ihre braunen Augen sahen ihn aufmerksam und – Henning täuschte sich da nicht - misstrauisch an.

»Sie wünschen?«, fragte Tilde mit verkniffenem Mund, während sie den Mann vor sich einer kritischen Musterung unterzog. Er sah gut aus. Zu gut für einen neunzehnjährigen Teenager, vom unpassenden Alter einmal ganz abgesehen. Bekleidet war er mit einer Jeans und einem hellblauen Baumwollhemd, dessen Ärmel er aufgekrempelt hatte. Um die Schultern trug er einen dunkelblauen Pullover. Nach Tildes Empfinden nicht die korrekte Kleidung für ein Mittagessen im Hause Steinberger. Es gefiel ihr nicht, dass Christina diesen Mann ins Haus holte, während ihre Eltern abwesend waren. So etwas gehörte sich nicht. Und Christinas patzige Art den ganzen Vormittag über gehörte sich schon überhaupt nicht.

Bevor Henning den Mund auftun konnte, um sich vorzustellen, tauchte Christina an der Tür auf. Ihr Gesicht strahlte ihn an. Wie immer, wenn er sie sah, klopfte sein Herz etwas heftiger als es eigentlich gut für ihn war.

»Herzlich Willkommen bei Steinbergers.« Christina schob Tilde einfach beiseite, und als sie vor Henning stand, stellte sie sich auf die Zehenspitzen und gab ihm ein Begrüßungsküsschen auf die Wange.

»Danke für die Einladung«, sagte Henning etwas förmlich. Die mollige Frau mit dem strengen Gesicht, die Haushälterin wahrscheinlich, stand immer noch bei der Haustür und sah ihn immer noch finster an. Merkwürdigerweise hemmte ihn das.

Christina dagegen, hübsch anzusehen in ihrem weißen Sommerkleid, war selbstsicher und unbefangen wie immer. Sie nahm ihm einfach die Blumen aus der Hand, da er keine Anstalten machte, ihr den Strauß zu überreichen, und bedankte sich dafür.

»Tilde, bitte stelle die Blumen in eine Vase und bringe sie dann ins Esszimmer«, bat Christina mit einem versöhnlichen Lächeln, obwohl sie immer noch böse auf Tilde war. Sie hatten sich den ganzen Vormittag gestritten. Dieser Streit hatte beinahe dazu geführt, dass sie nicht pünktlich zu Hennings Ankunft fertig geworden wäre mit Anziehen, Schminken und was sonst noch nötig war, um einem Mann zu gefallen. Gottlob war alles gutgegangen. Sie hatte es zwar nicht geschafft, Henning die Tür zu öffnen, war jedoch nur Sekunden später bei ihm gewesen, bevor es Tilde gelungen war, ihm ein völlig falsches Bild von der Gastfreundschaft im Hause Steinberger zu vermitteln.

»Komm Henning, gehen wir essen«, sagte Christina an ihren Gast gerichtet, der ziemlich schweigsam neben ihr stand. Sie hakte sich einfach bei ihm ein und zog ihn in Richtung Esszimmer.

Christina hatte bei Tilde durchgesetzt, dass dort der Tisch gedeckt wurde. Wenn ihre Eltern nicht da waren, aß sie immer zusammen mit Tilde und Max in der Küche. Aber heute hatte sie einen Gast. Und mit dem würde sie nicht mit Haushälterin und Gärtner zusammen in der Küche sitzen. Das hatte sie Tilde am Vormittag in einer hitzigen Debatte ziemlich energisch klar machen müssen.

»Wer ist dieser Mann?«, wollte Tilde sofort wissen, als Christina in die Küche kam, um das bereitstehende Essen zu holen. Ihr Gesicht war immer noch finster, ihr Ton reichlich barsch. »Warum stellst du ihn mir nicht vor? Ist er ein Geschäftspartner deines Vaters? Warum kommt er ins Haus, wo doch deine Eltern nicht da sind?«

»Er ist nicht wegen Vati hier, sondern wegen mir. Und ich hätte ihn dir vorgestellt, wenn du nicht so unhöflich zu ihm gewesen wärst.«

»Was soll das bedeuten, er ist wegen dir hier?«, fuhr Tilde aufgebracht dazwischen. »Bist du verrückt geworden?! Der Mann ist doch viel zu alt für dich.«

»Henning ist sechsunddreißig. Er ist nicht alt!«, protestierte Christina empört.

»Sechsunddreißig?! Du bist neunzehn! Er könnte dein Vater sein! Was will er von solch einem Küken wie dir?«

Ärgerlich über Tildes unmögliches Benehmen und ihren Ton erwiderte Christina patzig: »Das weiß ich nicht. Das wird sich noch herausstellen.«

»Ich sag es deinen Eltern. Ich rufe noch heute in Genf an!«

»Bemühe dich nicht. Das mach ich schon selber.«

»Ich werde aufpassen, dass hier nichts Ungebührliches passiert, da kannst du sicher sein. Ich bin in der Nähe, dass du es nur weißt.«

Christina atmete hörbar tief ein und verdrehte dabei die Augen. Sie hatte jedoch keine Lust, weiter mit Tilde zu diskutieren. Henning wartete im Esszimmer und wunderte sich sicher, wo sie blieb. Außerdem würde eine Aussprache mit Tilde erstens zu nichts führen und würde zweitens nicht eher beendet sein, bis sie alles erfahren hatte, was sie über den eingeladenen Gast meinte wissen zu müssen. Aber nach der unfreundlichen Art und Weise, wie Tilde Henning bei der Begrüßung abgefertigt hatte, verspürte Christina keine Lust, ihr auch nur eine winzige Kleinigkeit über ihn zu erzählen. Ohne die Haushälterin eines weiteren Blickes zu würdigen, nahm sie das vorbereitete Tablett und verließ die Küche.

Während des Essens steckte Tilde tatsächlich wie angekündigt einige Male den Kopf zur Tür herein. Das erste Mal brachte sie die Vase herein und arrangierte die Blumen eine Zeitlang, bis sie endlich zu ihrer Zufriedenheit zurechtgezupft waren und auf dem Rosenholztischchen am Fenster ihren perfekten Bestimmungsort fanden. Danach erschien sie ein ums andere Mal und fragte stets überfreundlich, ob es an etwas fehle. Christina ärgerte sich schweigend über Tildes Benehmen, Henning jedoch war sehr angetan von der Fürsorge der Haushälterin. Gutes Personal ist die Visitenkarte eines Hauses, sagte sein Vater immer. Henning fühlte sich wohl in der Steinberger

Villa, seine Nervosität war fort, und dass die von ihm so gelobte Haushälterin ein scharfes Auge auf ihn hatte, bemerkte er nicht sofort. Zu sehr genoss er das gute Essen in der Gesellschaft eines schönen, unterhaltsamen Mädchens, als dass er noch Augen für die Dienstboten gehabt hätte.

Als Henning und Christina nach dem Essen durch den hinter dem Haus gelegenen Park hinunter zum Bootshaus gingen, das dort vor sich hin dümpelnde Segelboot klarmachten und hinaus fuhren auf den See, konnte er sich davon überzeugen, dass er es mit einem sehr sportlichen Mädchen zu tun hatte. Henning konnte nicht segeln. Christina war jedoch eine gute Lehrmeisterin, er ein gelehriger Schüler, wenn es ihm gelang, schnell genug den Blick von ihr abzuwenden, um die Befehle auszuführen, die sie ihm zurief. Sie sah nämlich hinreißend aus in ihrer weißen Jeans, dem dunkelblauen Pullover und dem blauweiß gestreiften Nickituch um den Hals. Sie hatte sich nach dem Essen in Windeseile umgezogen, während er auf der Veranda mit einem Glas Cognac auf sie wartete und dabei den Ausblick über das Grundstück hinweg auf den See genoss.

Christina und Henning hatten beide große Freude an ihrem Ausflug hinaus auf den Starnberger See, der ihnen mit strahlendblauem Himmel, angenehmer Temperatur und einer leichten Brise den Tag verschönte. Viel Zeit zum Reden war jedoch nicht. Christina war vollauf damit beschäftigt, Henning Befehle zuzurufen, und er darum bemüht, diese schnell und korrekt auszuführen. Ein richtiges Gespräch zwischen ihnen kam daher nicht zustande. Das holten sie später nach, bei einem herzhaften Abendessen, bei dem sie über nichts anderes als über ihren Segeltörn sprachen und dabei ordentlich zulangten. Der Ausflug aufs Wasser hatte beide hungrig gemacht.

Als sie nach dem Essen auf der Veranda ein Glas Wein tranken, sprach Henning das aus, was ihm aufgefallen war, sobald sie wieder zum Haus zurückgekehrt waren, und das er während des Abendessens schließlich nicht mehr für einen Zufall hielt.

»Eure Haushälterin ist besser als jeder Wachhund«, sagte er amüsiert.

»Ich weiß nicht, was das soll!«, empörte sich Christina. »Was sie tut, ist schon peinlich! Ich werde nachher ein ernstes Wort mit ihr reden.«

»Tu das nicht. Ich finde es rührend, wie sie auf dich aufpasst.«

Christina sah in Hennings Gesicht während er diese Worte sprach. Er meinte, was er sagte, das konnte sie an seiner Miene, an seinem Lächeln erkennen. Die Enttäuschung kam so rasch, dass sie Mühe hatte, sich nichts anmerken zu lassen. Sie schlug die Augen nieder und bemühte sich verzweifelt, die aufsteigenden Tränen zu unterdrücken sowie die Herzstiche und den schmerzenden Knoten im Magen zu ignorieren. Seit nunmehr fünf Tagen traf sie sich mit diesem Mann. Sie traf sich nicht mit ihm, weil sie sonst nichts Besseres vorhatte oder sich langweilte. Nein, sie fuhr jeden Tag nach München hinein, um ihn zu sehen, um den Abend mit ihm zu verbringen. Und das aus dem einzigen Grund, weil sie sich in ihn verliebt hatte. Rettungslos und ohne Wenn und Aber. Gleich am ersten Abend, im Biergarten, hatte sie sich in ihn verliebt und dieses Gefühl hatte sich von Tag zu Tag verstärkt. Seitdem fragte sie sich bei jedem erneuten Treffen, was Henning wohl für sie empfand. Er sprach nicht über Gefühle. Er küsste sie nicht. Er umarmte sie nicht. Er fasste nicht einmal nach ihrer Hand. Er war nett, charmant und aufmerksam, ein guter Gesprächspartner und ein guter Zuhörer. Dass sogar Tildes aufdringliches Benehmen ihn nicht störte, sondern ihn im Gegenteil zu anerkennenden Worte veranlasste, konnte nur bedeuten, dass er ihre Gefühle nicht erwiderte. Sie war eine Ablenkung gegen einsame Abende in einer fremden Stadt, mehr nicht. Diese Gedanken waren so enttäuschend, dass Christina am liebsten aufgesprungen und ins Haus gelaufen wäre, um in ihrem Zimmer ungestört eine Weile zu weinen.

Henning sah den Schatten, der plötzlich über Christinas Gesicht huschte. Diese Reaktion auf seine Worte hatte er nicht erwartet, und sie traf ihn völlig unvorbereitet. Er war noch voll von den Erlebnissen auf dem Boot. Deshalb war er jetzt wohl so unvorsichtig, so unvernünftig, sich dieses Mal nicht zurückzuhalten und endlich vor sich selber zuzugeben, dass er sich bis über beide Ohren in dieses schöne Mädchen verliebt hatte. Es war verrückt, aber so war es. Das durfte er ihr natürlich nicht zeigen und es ihr schon gar nicht sagen. In ein paar Tagen flog er wieder nach Hause. Sie würden sich aller Voraussicht nach niemals wiedersehen. Dass er sich rettungslos verliebt hatte, würde für immer sein Geheimnis bleiben. Er wusste, dass es eine hoffnungslose Liebe war, für die es kein Happy End gab. Aber als Henning jetzt in Christinas Gesicht sah, in ihre Augen, die ganz traurig geworden waren, war alle Vernunft dahin. Es brach ihm fast das Herz, sie so zu sehen. Er überlegte nicht, was er tat. Er ließ einfach sein Herz sprechen. Spontan griff er nach ihrer Hand und drückte einen Kuss darauf.

»Christina, ich weiß nicht, ob ich es sagen soll. Ich weiß nicht, ob ich es sagen darf. Ich ... Ich habe mich in dich verliebt. Aber ... Du bist noch so jung ...« Er sprach nicht weiter.

Die Welt, die eben noch stillstand, drehte sich plötzlich wieder. Schneller, bunter, aufregender als jemals zuvor. Die Traurigkeit war schlagartig vorbei. Henning liebte sie! Er hatte es gerade gesagt! Sie hatte sich bestimmt nicht verhört. Bei einer Liebeserklärung verhört sich keine Frau! Mit strahlenden Augen sah Christina den geliebten Mann an.

»Küss mich, Henning. Bitte, küss mich.«

Ihre spontane Reaktion verwirrte und irritierte Henning ein wenig. Er war das Flirten nicht mehr gewöhnt, er war anscheinend ziemlich eingerostet im Laufe der Jahre. Und dem Umgang mit einer selbstbewussten Neunzehnjährigen fühlte er sich kaum gewachsen. Henning musste einige Male schlucken, bevor er in der Lage war, auf Christinas Bitte zu reagieren.

»Ich bin nur auf der Durchreise, Christina. Nächste Woche ist meine Arbeit hier in München getan, dann fliege ich wieder nach Hause. Ich kenne dich nun schon ein wenig. Du bist nicht das Mädchen für eine Liebelei ein oder zwei Nächte lang. Und ich bin auch nicht der Mann dafür. Verstehst du, was ich sagen will?«

»Nein, das verstehe ich nicht«, gestand Christina ziemlich ratlos. »Willst du mir sagen, dass du zwar in mich verliebt bist, mich aber trotzdem nicht wiedersehen willst?«

»Ich will damit sagen, dass du mir zu schade bist für ein Abenteuer. Ich will damit sagen, dass ich viel zu viel an dich denke. «

»Dass du an mich denkst, ist doch gut, oder nicht?«, fragte Christina hoffnungsvoll.

»Ich bin mir nicht sicher«, gestand Henning lächelnd. »Ich brauche im Moment meine ganze Energie, meine ganze Konzentration für meine Arbeit hier in München. Ich sollte eigentlich an nichts anderes denken. Seit ich dich kenne, gelingt mir das aber nicht mehr.«

»Du meinst, ich bin nicht gut für dich?«, fragte Christina, die sich immer noch nicht ganz sicher war, was Henning ihr eigentlich sagen wollte, nachdem er doch schon gestanden hatte, dass er in sie verliebt war. Mehr wollte sie doch gar nicht wissen.

»So würde ich das keinesfalls sehen«, versicherte ihr Henning.

»Dann bin ich beruhigt. Ich kann warten, Henning. Wenn du sagst, dass du … dass du mich liebst, aber im

Moment keine Zeit für uns hast, dann warte ich auf dich. Dann haben wir etwas, auf das wir uns freuen können, bis du deine Angelegenheiten hier in München erledigt hast.«

»Du bist ein faszinierendes Mädchen, Christina. - Ich liebe dich.« Jetzt hatte er gesagt, was er seit Tagen dachte, was ihn beschäftigte, wogegen er ankämpfte. Vergeblich. Er liebte dieses wunderschöne Mädchen. Der Tag heute mit ihr, die romantische Abendstimmung, ganz klischeehaft mit einem farbenprächtigen Sonnenuntergang über dem See, hatte wohl dazu beigetragen, dass ihm die Kontrolle über seine Gefühle so vollkommen entglitten war. Er hatte Worte ausgesprochen, die er niemals hätte sagen dürfen. Aber es war geschehen. Und er bereute es nicht. Über die Konsequenzen, die sich daraus für ihn ergaben, wollte er jetzt nicht nachdenken.

»Ich liebe dich auch, Henning.«

»Obwohl ich schon uralt bin?«

Christina lachte ein wenig verlegen. »Das war mein erster Gedanke, als du dich im Flugzeug neben mich gesetzt hast«, gab sie zu.

»Das habe ich in deinem Gesicht gesehen«, behauptete Henning augenzwinkernd.

»Das ist nicht wahr!«

»Doch, das ist wahr. Deshalb habe ich dich auch erst angesprochen, als du Angst bekommen hast.«

»Schön, dass solch ein Unwetter war. Sonst hätten wir uns nie kennen gelernt.«

»Wir kennen uns zwar noch nicht sehr lange, aber ...« Henning stockte kurz. Den ersten Schritt hatte er getan und Christina seine Liebe gestanden. In der merkwürdigen Stimmung, in der er sich gerade befand, verspürte er den Drang, auch noch den zweiten Schritt wagen. »Ich fliege nächste Woche zurück nach Schwerin. Kommst du mit mir?«

»Bist du dort zu Hause, in Schwerin?«

»Ja. Ich bin dort geboren. - Schwerin ist übrigens die Hauptstadt von Mecklenburg-Vorpommern. Es liegt also in den neuen Bundesländern.«

»Ich gebe zu, das wusste ich nicht. Ist es eine schöne Stadt?«

»Eine sehr schöne. Ich werde sie dir zeigen. Kommst du mit mir? Und bleibst bei mir? Für immer?«

»Für immer«, flüsterte Christina völlig überwältigt und verzaubert von Hennings Worten. »Möchtest du das wirklich?«

»Ja, das möchte ich«, bestätigte Henning.

Für Bedenken war in Christinas durch rosarote Wolken vernebelten Kopf längst kein Platz mehr. Sie zögerte nur Sekunden mit ihrer Antwort. Hier in München war sie Zuhause, hier wohnten ihre Eltern und alle ihre Freunde und Freundinnen, mit denen sie ins Kino und ins Theater ging, zum Segeln, Tennisspielen und Golfen. In Schwerin würde sie niemanden kennen. Aber Henning würde dort sein. Der Mann, den sie liebte, und der sie liebte.

»Ja, ich komme mit dir.«

Mit einem Strahlen im Gesicht nahm Henning Christina fest in seine Arme und küsste sie. Während Christina selig in seinen Armen lag, fühlte er Panik in sich hochsteigen. >Du Feigling!<, dachte er bei dem Gedanken an Tatsachen, die er nicht ausgesprochen hatte. >Was hast du getan, du verdammter Idiot?!<

4. Kapitel

Das Münchner Box-Camp zu finden, das in einem Industriegebiet im Norden der bayerischen Metropole lag, war nicht so einfach. Nachdem sie einige Male auf ihren Stadtplan gesehen hatte, trotzdem einmal falsch abgebogen war, fuhr Christina erleichtert auf den Parkplatz vor dem Sportzentrum. Die Leuchtreklame an dem zweistöckigen, langgezogenen Gebäude bestätigte ihr, dass sie ihr Ziel erreicht hatte, und machte sie gleichzeitig auf ein Fitnessstudio und eine Tennisanlage aufmerksam. Christina sah auf ihre Armbanduhr. Um zehn war sie hier mit Henning verabredet gewesen, jetzt war es halb elf. Sie war also etwas spät dran. Trotzdem kramte sie in aller Ruhe in ihrer Umhängetasche nach dem Kosmetikspiegel und warf einen kritischen Blick hinein. Mit ihrem Aussehen vollkommen zufrieden verließ sie ihren Wagen und schlenderte ohne Eile auf den Eingang zu. Es war nie verkehrt, Männer ein wenig warten zu lassen. Als Mädchen wusste man das.

Ein junger Mann mit einer Sporttasche über der Schulter kam aus dem Gebäude und hielt ihr die Tür auf. Mehr automatisch, er blieb einfach stehen und starrte sie an. Bis er sich gefasst hatte, war Christina längst durch die Tür.

»Wer ist der Glückspilz?«, rief er ihr hinterher.

Sie drehte sich nur kurz um, lachte ihn an und ging weiter, ohne zu antworten. Kein Mensch war auf dem langen Flur zu sehen, von dem links und rechts einige Türen abzweigten, ohne dass es einen Hinweis darauf gab, wohin diese führten. Von irgendwo her hörte Christina laute

Stimmen. Sie folgte den Geräuschen, öffnete am Ende des Ganges eine schwere Eisentür und stand dann staunend da. Vor ihr lag ein großer Raum. Ihr Blick fiel auf zwei Boxringe, in denen Männer mit den Fäusten aufeinander einschlugen. Im seitlichen Teil des Trainingsraumes boxten Sportler allein für sich vor großen Spiegeln, sprangen in einem atemberaubenden Tempo Seil oder schlugen wie wild auf Sandsäcke ein, die von Deckenbalken herunterhingen. Es roch nach Schweiß, Massageöl und Aftershave. Eine interessante, aufregende Mischung, fand Christina. Und wunderte sich, dass sie so empfand. Sie und Männerschweiß? Eigentlich undenkbar, oder?

Bei dem lauten Geräusch, das die hinter Christina zuschlagende Tür verursachte, wurde es schlagartig still in der Halle. Alle Köpfe wandten sich der hübschen Blondine zu, die einfach zur Tür hereinspaziert kam und mit ihrer atemberaubenden Figur und den aufregend langen Beinen für Aufsehen sorgte. An ernsthaftes Training dachte keiner der Anwesenden mehr.

»Hallo, Süße.«

»Hallo, Blondie. Willst du zu mir?«

Auf die Zurufe reagierte Christina, wie sie immer auf männliche Bewunderung reagierte. Sie schenkte den Männern ein bezauberndes Lächeln, während ihre Blicke durch den Raum schweiften auf der Suche nach Henning. Sie entdeckte ihn in der Nähe des linken Boxringes in einem Gespräch mit zwei Männern stehend. Gleichzeitig sah er sie. Sein Gesicht strahlte ihr entgegen. Henning unterbrach sofort seine Unterhaltung und kam mit schnellen Schritten auf sie zugeeilt. Kaum war er bei ihr, zog er sie in seine Arme und drückte sie kurz an seine Brust.

»Gut, dass du da bist«, sagte Henning erleichtert. »Ich fing an, mir Sorgen zu machen.«

»Ich hatte ein paar Probleme, diese Straße zu finden.«

»Aber zum Glück keine, in die Halle zu kommen«, stellte er lächelnd fest. »Ich war schon einige Male draußen, um nach dir zu sehen. Denn ohne Schlüssel kommst du nicht herein.«

»Es tut mir leid, dass ich so spät bin.«

»Es ist schön, dass du gekommen bist. - Komm, ich stelle dir meine Freunde vor. Und dann zeige ich dir alles.«

Hatte Henning wirklich erwartet, dass seine Freunde begeistert sein würden, Christina zu sehen? Ihn mit einer anderen Frau zu sehen? Ehrlich gesagt, er hatte sich keine Gedanken darüber gemacht. Er war so glücklich, so verliebt, dieses Glück wollte er mit seinen Freunden teilen. Und, was ganz wichtig war, er wollte keine Heimlichkeiten. Jedenfalls nicht seinen Freunden gegenüber.

Die beiden Männer, die immer noch neben dem Boxring standen und Henning und die unbekannte Frau nicht aus den Augen ließen, gaben ihm jedoch keine Chance, etwas zu sagen. Fassungslos hatten sie zugesehen, wie er auf das Mädchen zugegangen war, das einfach so in die Halle gekommen war und für Aufregung sorgte, sie in den Arm nahm und jetzt Hand in Hand mit ihr auf sie zukam.

Der ältere der beiden Männer fasste sich als erster. »Bist du wahnsinnig geworden, dir irgendein Flittchen hierher zu bestellen!? Was ist, wenn die Presse davon erfährt? Oder deine Frau? Hast du mal darüber nachgedacht, was dein Vater dazu sagen würde?!«, fuhr Horst Gerlach Henning heftig an, noch bevor dieser den Mund aufmachen konnte.

Christina erstarrte förmlich an Hennings Seite. Sie sah den Mann an, entsetzt über das, was er gesagt hatte. Flittchen! - Deine Frau! - Deine ... Frau? Fassungslos wandte sie ihr Gesicht Henning zu, der einfach nur da stand, eine betretene Miene machte und sie schweigend ansah. Sie wartete auf seinen Protest. Sie wartete darauf, dass er diesem Mann sagte, er solle aufhören, Lügen zu erzählen. Aber das tat Henning nicht. Er stand nur da und sagte kein einziges Wort. Jetzt konnte sie ihn gar nicht mehr erkennen, ihre Augen füllten sich mit Tränen. Christina presste in einer verzweifelten Geste die Hände auf den Mund, um den abgrundtiefen Kummer und die Tränen daran zu hindern, auszubrechen. Sie durfte vor all diesen Menschen nicht weinen. Sie musste Haltung bewahren. Aber die Tränen ließen sich nicht zurückhalten. Christina drehte sich um und lief davon. Henning braucht einige Sekunden, um seine Starre abzuschütteln. Dann folgte er ihr mit großen Schritten.

»Henning!«, schrie ihm Horst aufgebracht hinterher. „Komm zurück! Sofort! - Axel, geh ihm nach und hole ihn zurück!«

Auch Axel Bergmann hatte seinen Freund entgeistert angesehen. Henning mit einem Mädchen! Und was für ein Traum von einem Mädchen! Sie war keine Spielerei, nichts für ein Wochenende, das wusste Axel. Das war nicht Hennings Art. Wäre sie nur ein Kurzzeitflirt, hätte er sie niemals hierhergebracht, um sie Horst und ihm zu präsentieren. Und so wie er sie ansah, musste es ihm ernst sein mit der Kleinen. Aber das konnte doch nicht sein. Bisher war Axel der Meinung gewesen, dass Fremdgehen nicht Hennings Charakter entsprach. Was passierte hier gerade? Axel verstand die Welt nicht mehr. Hatte er sich etwa jahrelang in seinem Freund getäuscht? Kopfschüttelnd griff er nach seinem Sweatshirt und legte es sich um die Schultern. Die Schuhe musste er nicht wechseln. Für ihn stand heute nur Konditionstraining auf dem Plan. Er war eben im Begriff gewesen, die Halle zu verlassen, um durch die nahegelegenen Grünanlagen zu joggen, als Henning Damenbesuch bekommen und damit für Aufregung gesorgt hatte.

»Mach zu! Beeil dich!«, trieb ihn sein Trainer ungeduldig an. »Schick ihn zurück! Und du machst dich auf die Strecke! Zehn Kilometer, dazwischen Lockerungsübungen. Du weißt Bescheid.«

»Ja, ja«, sagte Axel genervt. Er wusste beim besten Willen nicht, warum Horst in diesem Ton mit ihm sprach. Es bestand überhaupt kein Grund, ihn anzuschnauzen.

Er fand die beiden draußen auf dem Parkplatz, seinen Freund und dieses wunderschöne Mädchen, das jetzt heftig weinte, während Henning versuchte, sie in den Arm zu nehmen. Aber sie wehrte ihn immer wieder ab.

»Henning, geh um Himmels willen rein und kläre das mit Horst. Er droht nicht, sondern er tut was er sagt, das weißt du. Wenn du nicht willst, dass es einen Skandal gibt, dann rede mit ihm.«

Unschlüssig stand Henning da. Er schwankte zwischen Trost spenden und Katastrophe abwenden. Beides war dringend notwendig. Und er wusste vor Aufregung nicht, womit er beginnen sollte.

»Komm, sei vernünftig. Geh rein und erkläre Horst was auch immer«, drängte Axel.

»Wie konnte er das tun?«

»Hast du wirklich etwas anderes erwartet? - Komm, geh zu ihm, bevor es zu spät ist. Das ist jetzt wichtiger als alles andere, glaub mir.«

Hilflos und unschlüssig stand Henning da. Er hörte die eindringlichen Worte seines Freundes und wusste, dass dieser recht hatte. Er sah auf Christina, die einige Schritte von ihm entfernt dastand und so heftig weinte, dass es sie schüttelte. Sie tat ihm leid. Und er bedauerte sehr, dass sie auf diese unschöne Weise erfahren hatte, was er ihr längst hätte beichten müssen.

»Christina ...« Henning versuchte erneut, sie in seine Arme zu ziehen, aber sie wich ihm sofort aus. »Christina, es tut mir leid. Alles tut mir leid. – Sei nicht böse, aber ich muss unbedingt zurück in die Halle. Ich muss mit dem Trainer sprechen. Fahr nach Hause, bitte. Ich rufe dich nachher an und erkläre dir alles. – Es tut mir leid«, beteuerte Henning noch einmal. Wieder versuchte er, nach Christina zu greifen, aber sie stieß ihn erneut zurück.

»Henning, lass sie. Sei vernünftig. Es gibt jetzt, verdammt noch mal, Wichtigeres zu tun«, erklärte ihm Axel, mittlerweile ziemlich ungeduldig.

Endlich reagierte Henning. Er warf einen um Verzeihung bittenden Blick auf Christina, den diese aber nicht wahrnahm, da sie weiterhin mit den Händen vor dem Gesicht dastand. Zuerst noch zögernd wandte er sich ab, um dann mit schnellen Schritten zurück in die Halle zu eilen.

Axel war mit dem weinenden Mädchen allein auf dem Parkplatz, und einen Moment lang wusste er nicht, was er tun sollte. Einfach loslaufen und seine Fitnesseinheiten absolvieren brachte er irgendwie nicht fertig. Spontan traf er schließlich die Entscheidung, über die er später noch eine Weile nachdachte. Er ging zu ihr, griff ungefragt nach dem Autoschlüssel, den sie in der Hand hielt, legte den Arm um sie und führte sie zu dem roten Porsche. Er war sich sicher, dass das ihr Auto war. So wie sie aussah, musste der Porsche ihr gehören.

»Ich fahre dich nach Hause«, teilte Axel Christina mit. Irgendetwas musste er schließlich sagen. »Wo wohnst du?«

»In Starnberg«, schluchzte sie, das Gesicht jetzt hinter einem Taschentuch verborgen, das er ihr in die Hand gedrückt hatte.

Axel schloss die Tür auf, schob Christina auf den Beifahrersitz, schnallte sie an, weil sie es nicht tat, startete den Motor und fuhr los. Während der Fahrt durch die Stadt hinaus nach Starnberg warf er ihr immer wieder einen kurzen Seitenblick zu. Sie weinte lautlos in das Taschentuch. Auf seine Bemerkung »Er hat dir also nicht gesagt, dass er verheiratet ist«, verstärkte sich das Weinen, so dass Axel lieber den Mund hielt. Er wagte nicht einmal, sie nach dem Weg zu fragen. Er orientierte sich an

Hinweisschildern, vertraute seinem Orientierungssinn, und fand ziemlich problemlos sein Ziel.

»Jetzt musst du mir aber helfen«, bat Axel, als er den Ortseingang erreichte und langsam an hohen Mauern und Zäunen vorbeifuhr, hinter denen er die Villen der Münchner Reichen und Schönen vermutete.

Das Mädchen sah immer noch wunderschön aus, stellte er fest, als sie den Kopf aus dem Taschentuch hob und ihm einen kurzen Blick zuwarf. Die großen dunkelgrünen Augen waren gerötet, das Gesicht tränennass und mit Spuren von Wimperntusche auf den Wangen, aber trotzdem war sie atemberaubend schön. Das hatte er bereits festgestellt, als sie in die Halle gekommen war. Trotz dieser Tatsache konnte er Henning nicht verstehen. Zugegeben, seine Frau Mona war nicht so schön wie dieses Mädchen, und älter war sie natürlich auch. Aber sie war eine tolle Frau, sah echt gut aus und wahnsinnig nett war sie obendrein. Axel mochte Mona sehr. Allen anderen Menschen ging es genauso. Deshalb hatte Horst gerade so heftig reagiert. Aber trotz alledem tat ihm das Mädchen leid, das weinend neben ihm im Auto saß. Sie hatte anscheinend nicht gewusst, dass Henning verheiratet war. Er hätte es ihr sagen müssen. Dann wäre es vielleicht gar nicht erst soweit gekommen. Sie sah nun wirklich nicht so aus, als wäre sie scharf auf ein Verhältnis mit einem verheirateten Mann.

»Na komm, Kindchen, alles halb so schlimm. Davon geht die Welt nicht unter«, versuchte Axel zu trösten.

»Meine schon«, sagte Christina leise. Wieder füllten sich ihre Augen mit Tränen. Aber sie riss sich zusammen. »Biege hier bitte ein. Hier bin ich zu Hause.«

Axel bremste ab, lenkte den Porsche durch das offenstehende Tor und parkte vor der weißen Villa. Interessiert sah er sich um. Was er sah, beeindruckte ihn mehr als er zugeben wollte. Es war ihm von vornherein klar gewesen, dass die Kleine zur Münchner Oberschicht gehörte und in irgendeinem Nobelvorort wohnte. Aber was er hier zu sehen bekam, machte ihn beinahe sprachlos. Ein tiefes Einatmen half, wieder einen klaren Kopf zu bekommen und die Tatsache zu akzeptieren, dass Mädchen wie sie in solchen Häusern wohnten, solche Autos fuhren, und reiche Eltern hatten. Außerdem waren sie hochmütig, verwöhnt und zickig. Und ein Typ wie er verbrannte sich die Finger an ihnen, wenn er nicht rechtzeitig kapierte, dass sie unerreichbar für ihn waren.

»Rufst du mir ein Taxi, damit ich zurück nach München komme?«, fragte Axel nach dieser nicht sehr schmeichelhaften Charakterstudie reicher Mädchen, die nicht auf Vorurteilen, sondern auf eigener schmerzlicher Erfahrung beruhte. Seine Stimme klang vollkommen neutral, obwohl in seinem Inneren gerade alte Wunden aufbrachen bei der Erinnerung an Stefanie, seiner großen Liebe. Auch sie war ein Kind reicher Eltern gewesen, war verwöhnt und konnte ganz schön hochnäsig und zickig sein. Aber er hatte sie geliebt. Sie jedoch hatte ihn nach Monaten vollkommener Glückseligkeit erbarmungslos und eiskalt wegen irgendeines reichen Schnösels abserviert. Das war zwar schon über vier Jahre her, aber irgendwo tief in ihm drin tat es immer noch ein bisschen weh, wenn er an sie dachte.

»Nimm den Wagen und lasse ihn vor der Halle stehen. Ich hole ihn dann dort ab«, hörte Axel eine traurige, leise Stimme sagen, die ihn aus der schmerzhaften Vergangenheit schnell wieder in die Gegenwart zurückholte.

»Äh … Danke«, stotterte er, immer noch nicht ganz da und daher völlig überrumpelt von ihrem unerwarteten, großzügigen Angebot. »Bist du O.K., Kleine?«, fügte er ein wenig besänftigt hinzu. »Kann ich dich alleine lassen?«

»Ich bin in Ordnung«, weinte Christina.

»Du machst keine Dummheiten, nicht wahr?«

»Nein.«

»Das ist kein Mann wert, glaube mir.«

»Danke fürs Nachhausebringen.« Sie stieg aus, lief auf das Haus zu und verschwand durch die Eingangstür.

Als Christina ihr tränenüberströmtes Gesicht im Dielenspiegel sah, war sie froh darüber, dass Tilde heute ihren freien Nachmittag hatte. Sie brauchte nicht viel Phantasie, um sich deren Reaktion auf ihren desolaten Zustand vorzustellen. Tilde hatte Henning vom ersten Augenblick an nicht leiden können. Und jetzt hatte sich herausgestellt, dass ihr Misstrauen ihm gegenüber gar nicht so falsch gewesen war. Aber das wollte sie Tilde nicht heute sagen. Sie wollte sich auch nicht anhören, warum sie misstrauisch gewesen war und warum sie recht behalten hatte. Tilde meinte es niemals böse. Ganz im Gegenteil, sie liebte sie und war immer rührend besorgt um sie. Christina erwiderte diese Liebe von ganzem Herzen. Neben Eltern und Großvater war Tilde der wichtigste Mensch in ihrem Leben. Aber heute wollte sie keine besorgte Miene sehen und keine klugen Bemerkungen hören. Sie wollte allein sein mit ihrem übergroßen Kummer. Sie war so unglücklich wie noch nie zuvor in ihrem Leben. Noch nie hatte sie einen Mann so geliebt, wie sie Henning liebte. Seit sie ihn kannte, träumte sie von ihm. Seit er ihr seine Liebe gestanden hatte, malte sie sich ihre gemeinsame Zukunft in den schönsten Farben aus. Sie war so sicher gewesen, dass er seine Worte ernst meinte, dass sie jetzt völlig am Boden zerstört war. Wie konnte sie heute noch die vielen schönen Dinge glauben, die er ihr gestern gesagt hatte? Er hatte sie belogen. Er hatte ihr verschwiegen, dass er verheiratet war und es in Kauf genommen, dass sie diese niederschmetternde Tatsache von anderen Leuten erfuhr. Er hatte sie damit in eine Lage gebracht, der sie nicht gewachsen war. Sie hasste ihn dafür. Und sie wollte ihn nie wiedersehen!

Mit den Gedanken an diesen schrecklichen Vormittag, die in ihrem schmerzenden Kopf herumwirbelten und ihr immer wieder Tränen in die Augen trieben, verkroch Christina sich in ihr Zimmer, ließ sich auf das Bett fallen und zog sich die Decke über den Kopf.

Als Tilde am Abend an ihre Tür klopfte und ihr mitteilte, Henning sei unten und wolle sie sprechen, war ihr erster Impuls, sie zu bitten, ihn wegzuschicken. Nach einem kurzen Zögern entschied sie sich jedoch anders. Sie würde hinuntergehen. Sie würde ihm sagen, was sie jetzt von ihm hielt. Sie würde ihm sagen, dass er ein mieser Typ sei und dass er sich zum Teufel scheren solle.

Henning stand in der Halle, mit einem um Entschuldigung bittenden Gesichtsausdruck und einem großen Strauß roter Rosen in der Hand. Er ließ Christina keine Gelegenheit, ihm das zu sagen, was sie ihm hatte sagen wollen. Sobald er sie sah, eilte er ihr an der Treppe entgegen, nahm sie mitsamt den Blumen in den Arm und drückte sie sehr fest an sich.

»Verzeih mir, Christina. Verzeih, dass ich solch ein Feigling war«, bat er mit bebender Stimme.

Als Christina in seine beeindruckend blauen Augen sah, die völlig ohne Falsch waren, waren alle ihre Vorsätze wie weggeblasen. Sie wusste plötzlich mit absoluter Sicherheit, dass nichts von dem, was Henning ihr jemals gesagt hatte, gelogen war. Sie irrte sich nicht, das verriet ihr ihr heftig klopfendes Herz.

»Warum hast du es mir nicht gesagt?«, wollte sie aber trotzdem wissen.

»Mein armes kleines Mädchen«, sagte Henning mit einer Stimme, die voller Bedauern war. »Es tut mir leid, dass du es so erfahren hast. Seit Tagen schon will ich es dir sagen. Aber ich hatte Angst, dass alles aus ist, wenn du es erfährst. Ich weiß, das war unfair von mir. Vor allem war es nicht schön, dass du auf diese Art und Weise erfahren hast. Aber ich liebe dich und ich wollte dich nicht gleich wieder verlieren. Ich war ein Egoist und habe nur an mich gedacht. Es tut mir leid, Christina.«

»Ich liebe dich auch, Henning. Aber ... Aber... Du bist verheiratet.«

»Ich möchte mit dir zusammen sein, Christina. Für den Rest meines Lebens. Das ist die Wahrheit. - Ich werde mich scheiden lassen. Du musst mir nur etwas Zeit geben. Ich ... Ich habe nämlich auch zwei Kinder. Es ist nicht so leicht für mich. Aber ich werde mich scheiden lassen, das verspreche ich dir.«

»Du hast Kinder...?!« Vor lauter Entsetzen konnte Christina kaum sprechen. Ein dicker Kloß in ihrem Hals drückte ihr beinahe die Kehle zu.

»Ja. Deshalb ist es nicht so einfach. Ich kann nicht heute oder morgen meine Frau um die Scheidung bitten. Ich brauche etwas Zeit. Verstehst du das?«

»Ja ... Ja ... Ich weiß es nicht. Ich weiß gar nichts mehr.«

Erneut zog Henning Christina in seine Arme. Er drückte sie sehr fest an sich. »Bitte, sag jetzt nicht, dass es aus ist zwischen uns, Christina. Ich liebe dich. Ich möchte dich heiraten. Das ist die Wahrheit. Denke immer daran.« Er ließ sie los, wandte sich um und verließ mit raschen Schritten das Haus.

Und Christina stand da, mit den Rosen in der Hand, und weinte. Um ihn. Um sich. Und um die Tatsache, dass sie in einen Mann verliebt war, der nicht nur eine Ehefrau, sondern auch Kinder hatte. Das Wissen um eine Ehefrau war schon schlimm genug. Und jetzt kamen auch noch zwei Kinder hinzu. Wie sie mit dieser grauenvollen Tatsache umgehen sollte, wusste Christina nicht.

5. Kapitel

Er hatte es getan. Er hatte Christina seine Liebe gestanden und ihr gesagt, dass er sie heiraten wolle. Wie er nicht nur seiner Frau, sondern auch dem Rest der Familie beibringen sollte, dass er die Absicht hatte, sich scheiden zu lassen, darüber wollte er nicht heute nachdenken. Seit Jahren führte er eine perfekte Ehe, mit einer perfekten Ehefrau und zwei perfekten Kindern. Von seinen Schwiegereltern wurde er geliebt und anerkannt. Seine Geschäfte liefen bestens, Geldsorgen gab es in seiner Familie nicht. Er führte beinahe ein Bilderbuchleben. In seinem großen Freundeskreis- und Bekanntenkreis beneidete man ihn darum. Warum genügten ihm diese perfekten Bedingungen plötzlich nicht mehr? Über diese Frage hatte Henning in den letzten Tagen immer wieder nachgedacht und war zu dem Schluss gekommen, dass trotz aller Perfektion etwas in seiner Ehe fehlte, und das nicht erst seit gestern. Lange hatte er diese Tatsache nicht erkannt, denn die Hektik seines Berufes und die damit verbundenen vielen Reisen ließen ihm selten Zeit zum Nachdenken über sein seelisches Befinden. Seit er Christina kannte, wurde ihm von Tag zu Tag bewusster, was er in seinem Leben vermisste. Eine Frau wie sie, jung, schön, intelligent und voller überschäumender Lebensfreude, die ihn mitriss, die ihn sich wieder jung fühlen ließ, mit der er lachen konnte und sich dabei so herrlich frei und unbeschwert fühlte. Er war ein anderer, ein neuer Mensch, wenn er mit ihr zusammen war. Alle diese Gefühle waren so berauschend, dass er nicht mehr darauf verzichten konnte, und es auch nicht wollte. Auch wenn das bedeutete, dass er seiner Frau sehr wehtun würde mit seiner Entscheidung, sie zu verlassen. Er kannte Mona seit ihrer Schulzeit. Sie war zwar nicht die erste Frau in seinem Leben gewesen, aber diejenige, bei der er schnell überzeugt gewesen war, dass er sie zu seiner Ehefrau machen, mit ihr Kinder haben und mit ihr alt werden wollte. So war es dann auch geschehen. Sie hatten geheiratet, sie hatten Kinder bekommen. Nur zusammen alt würden sie beide nicht werden. Dieser Gedanke machte Henning ein wenig sentimental, und er kam sich schäbig und gemein vor, wenn er an Mona dachte. Sie würde sein Handeln nicht verstehen, niemand würde das. Alle würden ihn für komplett verrückt halten, dass er sich von einer gutaussehenden, allseits beliebten Frau scheiden lassen wollte, um ein siebzehn Jahre jüngeres Mädchen zu heiraten. Das alles wusste Henning. Die Bedenken, die gegen seinen Plan sprachen, schafften es jedoch nicht, ihn in seiner Entschlossenheit zu erschüttern. Er hatte eine Weile gegen seine Gefühle für Christina angekämpft, hatte jedoch festgestellt, dass es zwecklos war. Er liebte sie. Und wenn auch sie ihn immer noch liebte, würden sie beide heiraten.

Ob Christina ihn noch wollte, darüber war sich Henning zwei unendlich lange Tage im Unklaren. Diese Ungewissheit, verbunden mit einer fast schmerzhaften Sehnsucht nach ihr, ließ ihn zwischen Hoffen und Bangen hin und her schwanken, so dass er oftmals Mühe hatte, sich auf seine geschäftlichen Belange zu konzentrieren. Er brauchte seine volle Konzentration für die Verhandlungen mit Vereinen und Sponsoren für zwei junge Sportler, die ihn nach München geführt hatten, und die bei Vertragsabschluss satte Honorare für die Agentur bedeuteten. Dafür brauchte er einen klaren Kopf, und er war professionell genug, tagsüber die Gedanken an sein Privatleben komplett abzuschalten. Seine Abende sahen dagegen seit Tagen ziemlich trostlos aus. Seit er mit einem Blumenstrauß nach Starnberg gefahren war, um Christina um Verzeihung zu bitten, hatte er nichts mehr von ihr gehört. Er musste sich zwingen, sie nicht anzurufen. Die Entscheidung, wie es mit ihnen beiden weiterging, lag ganz allein bei ihr. Er war ein Feigling, das wusste er seit einigen Tagen. Die meisten Männer waren feige. Aber bisher war Henning der festen Überzeugung gewesen, anders zu sein. Diese gute Meinung von sich musste er jetzt wohl ein wenig zurechtrücken. Er war ein Feigling. Diese Erkenntnis war seine Entschuldigung dafür, dass er sich zu willensschwach und hilflos fühlte, um selber aktiv zu werden. Stattdessen wollte er dieser jungen Frau die Entscheidung überlassen, wie es mit seinem Leben, mit allen Konsequenzen auch für seine Familie, weitergehen würde. Dabei wollte er sie weder durch Bitten und Flehen noch durch sonstige Tricks, die Männer seines Alters selbstverständlich beherrschten, beeinflussen. Er hätte es nur zu gerne getan, weil er sich nichts mehr wünschte, als dieses bezaubernde Mädchen zu seiner Frau zu machen.

Nach achtundvierzig Stunden Schweigen waren die Würfel schließlich gefallen. Christina hatte angerufen. Sie hatte ihm verziehen und ihm gleichzeitig versichert, sie liebe ihn. Sie würde mit ihm kommen. Und sie würde ihm die Zeit geben, die er brauchte, um seine Angelegenheiten zu regeln.

Nach dem Gespräch mit Christina war Henning hin und hergerissen zwischen übergroßer Freude, dass er von diesem schönen Mädchen geliebt wurde, das von nun an sein Schicksal in ihren Händen hielt, und der Sorge, wie er diese Tatsache seiner Frau erklären sollte, ohne sie mehr als nötig zu verletzen. Ein Zurück gab es nicht mehr. Christinas und seine Entscheidung, ihren Lebensweg in Zukunft gemeinsam zu gehen, war getroffen worden. Jetzt galt es, zuerst einmal das Nächstliegende anzupacken. Mit einem tiefen Seufzer verließ Henning sein Hotelzimmer, lief die Treppe hinunter und klopfte an die Zimmertür seines Freundes.

»Axel, tust du mir einen Gefallen«, überfiel er ihn sofort. »Kümmerst du dich am Samstag bitte um Christina? Ich werde kaum Zeit für sie haben und ich möchte nicht, dass sie alleine ist.«

»Und Mona wird da sein«, fügte Axel süffisant hinzu. »Ihr seid also immer noch zusammen«, konstatierte er mit unbeweglichem Gesicht.

»Ja, wir sind zusammen.«

»Es stört sie also doch nicht, dass du verheiratet bist. Das hätte ich nicht gedacht. Und dich stört es anscheinend auch nicht. Du enttäuscht mich, mein Lieber. Ich hatte eine andere Meinung von dir.«

»Ich will jetzt keine Moralpredigten hören.«

»Du hast sie nicht alle! Du hast anscheinend vollkommen den Verstand verloren!«

»Kümmerst du dich um Christina?«, wiederholte Henning seine Frage, ohne die harschen Worte seines Freundes zu beachten.

»Setz sie doch neben deine Frau. Dann hast du deine Liebsten beieinander. Die alte und die neue. Die Ehefrau und die Gespielin«, schlug Axel mit Sarkasmus in der Stimme vor.

»Axel, hör auf, so dumm daherzureden! Ich bitte dich als Freund, mir zu helfen und einfach zu akzeptieren, was ich tue.«

»Das ist ganz schön viel verlangt, findest du nicht? Ich bin dein Freund, ja. Aber ich bin auch Monas Freund, und es ist mir zuwider, nicht nur zuzusehen, was da hinter ihrem Rücken läuft, sondern dabei auch noch mitzumachen. Das kannst du deiner Frau nicht antun, verdammt!«

»Das weiß ich, glaub mir. Ich weiß auch, was ich da von dir verlange. Aber versuche bitte, mich zu verstehen. Ich kann nicht anders handeln. Es hat mich total erwischt. Ich bin ...«

»Hör auf! Ich will es gar nicht wissen!«

»Ich brauche deine Hilfe, Axel. Ohne dich ...«

»Ja, ja, ist ja schon gut. Ich mach's ja. Ich kümmere mich um die Kleine.«

»Christina kommt mit mir nach Hause. Du kümmerst dich auch auf dem Flug um sie, ja?«

»Du nimmst sie mit nach Schwerin?! Bist du wahnsinnig?!« Fassungslos sah Axel seinen Freund an. »Das wird ja immer schöner! Mann, verbringe das Wochenende mit ihr. Eine Ausrede für Mona, dass du noch hier bleiben musst, wird dir schon einfallen. Schlaf mit dem Mädchen, wenn es dir darum geht, und dann vergiss sie!«

»Das ist es nicht ...«

»Ach nein?«

»Die Sache ist ernst. Ich liebe Christina. Ich werde sie heiraten.«

»Und das willst du deiner Frau sagen?«

»Ich werde es ihr sagen müssen.«

»Du hast sie nicht alle!« Völlig entgeistert tippte sich Axel an die Stirn.

»Christina kommt mit mir, das steht fest! - Kümmerst du dich auf dem Flug um sie?«

»Natürlich kümmere ich mich auch auf dem Flug um sie. – Hast du sonst noch was auf dem Herzen? Kann ich sonst noch was für dich tun?«, fragte Axel übertrieben diensteifrig.

Henning überhörte einfach seinen Ton. »Ich weiß noch nicht, in welchem Hotel ich Christina unterbringen soll«, gestand er. »Es ...«

»Du willst sie in einem Hotel unterbringen?!«, rief Axel entsetzt aus. »Bist du verrückt?! Wann, glaubst du, werden die ersten Reporter dich erwischen, wenn du dich täglich zu ihr schleichst? Schwerin ist ein Dorf, das weißt du. Und du bist nicht gerade unbekannt. Einen Skandal kannst du Mona nicht antun. Und, ich glaube, auch diesem Mädchen nicht.«

»Du hast recht«, gestand Henning zögernd. »Darüber habe ich nicht nachgedacht.«

»Du scheinst im Moment überhaupt nicht viel nachzudenken. Nur darüber, wo du dein Liebesnest aufschlagen und deine Frau ordentlich betrügen kannst. Das ist …«

»Hör auf, Axel! Was fällt dir ein, so zu reden?«

»Ich bin dein Freund, also habe ich das Recht, so zu reden. Oder dir zu sagen, dass ich es einfach beschissen finde, was du tust. Seit elf Jahren bist du glücklich verheiratet, hast eine wahnsinnig nette Frau, zwei süße Kinder. Und plötzlich drehst du durch und willst das alles kaputtmachen!«

»Ich bin nicht stolz darauf, das kannst du mir glauben. Ich habe es nicht darauf angelegt. Aber ich liebe Christina. Sie ist …«

Axel hörte Henning gar nicht mehr zu. Ein Gedanke war in seinem Kopf aufgetaucht, blitzschnell und äußerst verführerisch. Wenn das Mädchen statt in einem Hotel bei ihm wohnen würde, dann … dann könnte er … dann würde er ….

»Du kannst die Kleine bei mir lassen«, sagte er in ruhigem Ton obwohl sein Herz vor Aufregung über seinen teuflischen Plan heftig klopfte. »Ich kann sie zwar nicht leiden. Aber meine Wohnung ist groß genug, das weißt du. Sie wird mich nicht stören. Was hältst du von dieser Idee?«

Henning überlegte nur kurz. Sein Freund hatte recht. Diese Lösung war perfekt und die einzige, die in Frage kam. Christina in einem Hotel unterzubringen oder eine Wohnung für sie zu mieten, war indiskutabel.

»Würdest du das wirklich tun, Axel?«

»Natürlich, sonst würde ich es nicht sagen. Ich stelle aber eine Bedingung: Du überdenkst die ganze Sache noch einmal gründlich. Ich hoffe, dass du schnell wieder vernünftig wirst und die Kleine zurück nach Hause schickst.«

»Das wird nie passieren. - Du bist ein echter Freund, Axel. Ich danke dir.« Henning nahm Axel spontan in den Arm und drückte ihn an sich, was dieser sich grinsend gefallen ließ.

6. Kapitel

Chic, chic.« Mehr sagte Axel nicht, als sie sich pünktlich zur vereinbarten Zeit vor dem Sportlereingang der Olympiahalle trafen. Davon, dass seine Worte nicht ernstgemeint waren, zeugte nicht nur sein Tonfall, sondern auch sein zynischer Gesichtsausdruck.

»Danke«, sagte Christina und überhörte einfach seinen spöttischen Ton. Sie war sehr zufrieden mit ihrem Aussehen. Davon, dass sie es sein konnte, zeugten auch die bewundernden Männerblicke, die sie verfolgten, seit sie auf dem Parkplatz aus ihrem Auto gestiegen war. Sie trug einen schwarzen Hosenanzug zu einem weißen, tief ausgeschnittenen Body, dazu hochhackige Pumps. Ihr Gesicht war wie immer dezent geschminkt, der Lippenstift heute Abend jedoch etwas auffälliger. Ihr Haar trug sie offen, weil es Henning so am besten gefiel. Dass sein Freund ihr Aussehen nicht zu würdigen wusste, interessierte Christina wenig. Sie spürte jedoch eine leichte Verunsicherung darüber, wie deutlich er ihr heute zeigte, dass er sie nicht mochte. Diese Abneigung ihr gegenüber überraschte sie. Als er sie vor einigen Tagen nach Hause gefahren hatte, hatte er sehr nett auf sie gewirkt, sehr besorgt und irgendwie fürsorglich. Trotz ihres großen Kummers hatte sie sein Mitgefühl deutlich gespürt. Heute jedoch zeigte er seine Antipathie völlig offen. Axels beinahe feindseliges Verhalten überraschte Christina zwar, es machte ihr jedoch nicht sonderlich viel aus. Sie wusste genau, wenn sie wollte, könnte sie Hennings Freund im Handumdrehen in sich verliebt machen. Das schaffte sie ohne große Anstrengung bei jedem jungen Mann. Auch Axel würde ihr zu Füßen liegen, wenn sie es darauf anlegte. Danach würde sie ihn wie eine heiße Kartoffel fallenlassen. Einfach so, aus Rache, weil er sie so abfällig behandelte. Ein solches Benehmen war sie nicht gewohnt, und sie hatte nicht die Absicht, sich das ungestraft gefallen zu lassen. Andererseits, was ging sie dieser Mann an? Sie war einzig und allein wegen Henning hier. Nur für ihn hatte sie sich schöngemacht, und *er* würde von ihrem Aussehen entzückt sein, das wusste sie.

»Pech für dich, dass Henning später kommt und somit nicht gleich sehen kann, was du zu bieten hast«, bemerkte Axel mit einem anzüglichen Blick auf ihr Dekolleté. »Außerdem wird seine Frau …«

Sein provokanter Ton ärgerte Christina. »Henning weiß, was ich zu bieten habe«, fiel sie Axel hochmütig ins Wort. »Und seine Frau ist mir vollkommen egal«, fügte sie schnippisch hinzu.

Mit Genugtuung sah sie, wie sich Axels Gesicht verfinsterte. Aber er sagte nichts weiter. Ihre Antwort hatte ihm offensichtlich den Wind aus den Segeln genommen. Gut so! Eine gewonnene Runde für sie in dem Kampf, den er anscheinend mit ihr ausfechten wollte. Sie war weit davon entfernt, dieses Kräftemessen zu verlieren.

Schweigend gingen sie nebeneinander her durch hellerleuchtete Flure, an einer Anzahl verschlossener Türen vorbei, die in Sportlerkabinen, Massage- und Fitnessräume führten. Stimmengemurmel war hinter diesen Türen zu hören, kein Mensch war jedoch zu sehen. Eine durch Mitarbeiter einer Sicherheitsfirma geschützte breite Stahltür führte Axel und Christina schließlich in die Sporthalle, die sich bereits mit Zuschauern füllte.

»Ich bringe dich jetzt zu deinem Platz und gehe dann zu Marcel und den anderen in die Kabine«, erklärte Axel. »Marcel ist unser Mann, der heute hier boxt. Kurz bevor der Kampf beginnt, bin ich wieder da. Das wird gegen elf sein. Du bleibst hier sitzen und rührst dich nicht von der Stelle. So ist es mit Henning abgesprochen. Und so wird es gemacht, ist das klar?«

»Ja, ja«, sagte Christina. Sie fing bereits an zu bedauern, dass sie Hennings Wunsch nachgegeben hatte, hierherzukommen. Ohne ihn hatte sie hier nichts verloren, das spürte sie deutlich. Und das Verhalten seines Freundes war schuld daran, dass sie sich unbehaglich und völlig fehl am Platze fühlte.

Diese Box-Veranstaltung musste wohl ausverkauft sein, vermutete Christina bei ihrem Blick über die aufsteigenden Sitzreihen. Sehr viele Plätze waren bereits besetzt. Aus den Hallenlautsprechern erscholl laute Stimmungsmusik. Zusammen mit dem Gemurmel hunderter Stimmen ergab das einen kaum zu ertragenden Lärm, der in den Ohren wehtat.

Als Axel Christina zu ihrem Platz in der ersten Reihe brachte, musste er schreien, um sich zu verständigen. »Einige Plätze weiter werden nachher Henning und seine Frau sitzen. Du lässt ihn zufrieden. Und du lässt sie zufrieden, hörst du?«

»Natürlich lasse ich sie zufrieden. Was hältst du denn von mir?«, giftete Christina ihn an.

»Nicht viel. Das kannst du mir glauben.« Mit diesen unverschämten Worten verschwand Axel. Er war so schnell fort, dass Christina keine Zeit für eine passende Antwort blieb. Bebend vor Zorn rief sie ihm ein wenig damenhaftes, böses Schimpfwort hinterher, das aber im Lärm der Halle unterging.

Es dauerte nur einen kurzen Augenblick, dann hatte sich Christina wieder beruhigt. Sie würde sich durch Axels unverschämtes Benehmen nicht die Freude daran nehmen lassen, im Laufe des Abends Henning zu sehen. Sie vertraute darauf, dass es ihm trotz der Anwesenheit seiner Frau gelingen würde, zu ihr zu kommen, um ihr einige nette, zärtliche Worte ins Ohr zu flüstern und ihr zu sagen, dass er sie liebte. Das waren schöne Gedanken, denen sich Christina eine Weile hingab. Sie vergaß darüber Axels Unverschämtheit, und sogar Hennings Frau für kurze Zeit. Henning hatte ihr gesagt, dass sie heute nach München und am Abend mit ihm hierher in die Olympiahalle kommen würde. Der Gedanke daran bereitete Christina schon den ganzen Tag über Unbehagen. Sie war überhaupt nicht so kess, wie sie oftmals tat. Sie hatte Herzklopfen bei dem Gedanken an Hennings Frau. Aber sie verdrängte dieses unangenehme Gefühl. Schließlich gab es so viel zu sehen, was sie ablenkte. Sie war noch nie bei einem Boxkampf gewesen. Sie ging in die Oper oder in ein Konzert, hin und wieder auch mit Freunden in die Eishalle zu einem Eishockeyspiel. Die Olympiahalle war am heutigen Abend ausverkauft. Christina sah sich neugierig um. Sie erkannte etliche Münchner Prominenz, Bekannte ihrer Eltern, einige Schauspieler und natürlich Angehörige der Unterwelt. Jedenfalls nahm sie das an. Diese Leute dort sahen doch recht merkwürdig aus und saßen trotzdem in den vorderen Reihen, deren Preise so exorbitant hoch waren, dass sie sich der normale Bürger einfach nicht leisten konnte.

Das Rahmenprogramm bestand aus einem Boxkampf zwischen zwei jungen Männern, von denen einer bereits in der vierten Runde K.O. geschlagen wurde. Danach spielte wieder Musik, dann sang jemand. Christina wusste nicht, wer es war. Die Ansage ging im Lärm der Halle unter, sie hatte kein Programm und sie saß allein in ihrer Sitzreihe, die ausschließlich für die Teams der beiden Boxer, die heute Abend gegeneinander kämpfen sollten, reserviert war, so dass sie niemanden fragen konnte.

Nach einer großartigen Laserschau wurde der Gegner des deutschen Boxers, der von Hennings Sportagentur betreut wurde und dessen Trainingspartner Axel war, angekündigt. Mit vielen Showeinlagen betrat dieser eine Weile später unter Pfiffen und Buhrufen die Halle und kletterte in den Ring. Dann wurde endlich Marcel Krüger angekündigt. Für Christina bedeutete das, dass jetzt auch Henning, seine Frau und die restliche Entourage erscheinen und in der ersten Reihe Platz nehmen würden.

Sie setzte sich aufrecht hin und wartete mit Herzklopfen auf das weitere Geschehen. Alle Zuschauer waren aufgestanden, riefen den Namen des erfolgreichen deutschen Talents und klatschten begeistert. Christinas Augen suchten Henning, konnten ihn jedoch nicht entdecken. Außer einer großen Anzahl an Presse- und Fernsehleuten waren plötzlich so viele Menschen da, die ihr alle unbekannt waren, so dass sie vergebens nach ihm Ausschau hielt. Stattdessen sah sie Axel, der sich einen Weg durch die Menschenmenge bahnte. Ohne ein Wort zu sagen, setzte er sich auf den freien Platz neben sie.

»Geht es jetzt endlich los?«, fragte Christina, weil ihr nichts anderes einfiel und weil sie gerne mit jemanden reden wollte. Auch wenn es der unfreundliche, muffelige Axel war.

»Jetzt werden die beiden Boxer vom Ringsprecher vorgestellt und dann geht es auch gleich los«, antwortete er ohne sie anzusehen.

»Wie lange wird es dauern?«

»Wenn Marcel sich nicht vorher K.O. schlagen lässt, geht der Kampf über zwölf Runden. Das heißt, in einer Stunde ist alles vorbei.«

»Wie kannst du so etwas sagen?«

»Damit muss ein Boxer rechnen, Kindchen.«

»Nenn mich nicht Kindchen! Ich hasse das!«

»O.K., Kindchen. Reg dich nicht auf.«

Noch nie hatte Christina einen Mann getroffen, der von ihrer Schönheit so völlig unbeeindruckt war, wie Hennings Freund. Sein Benehmen ihr gegenüber war dermaßen unverschämt, dass es sie rasend machte.

»Ich kann dich nicht leiden!«, teilte sie ihm unbarmherzig mit.

»Ich dich auch nicht.« Ungerührt grinste Axel sie an. »Dann werden wir wohl bestens miteinander auskommen.«

Das war für eine Stunde das Ende ihrer Konversation. Christina konzentrierte sich auf das Geschehen im Ring. Sie fragte sich beim Zuschauen, ob es ihr Spaß machte, ob sie die Begeisterung der Menschen im Saal, vor allem der vielen Frauen unter ihnen teilen konnte. Sie kam sehr schnell zu dem Schluss, dass dies nicht der Fall war. Sie war nur Henning zuliebe hier, der aus welchem Grund auch immer diesen Sport liebte, und der den jungen Mann managte, der den Kampf aller Voraussicht nach gewinnen würde. Dass er große Chancen auf den Sieg hatte, hörte sie aus Axels Bemerkungen, die er in Richtung Ring schrie. Obwohl Marcel ihn bei dem Lärm in der Halle sicher nicht verstehen konnte.

Es war Mitternacht, der Kampf zu Ende und Marcel Krüger zum Sieger erklärt worden. Erst da sprach Axel wieder mit Christina.

»Du bleibst hier sitzen, bis ich dich holen komme, hast du verstanden?«

»Ja. Ja«, sagte sie abwesend. Sie war völlig benommen. Von der Brutalität des Kampfes, den sie miterlebt hatte, von der Aggressivität, die in der Luft lag, vom dem ohrenbetäubenden Lärm der begeisterten Zuschauer in der Halle. Sie versuchte Henning zu entdecken, der einige Meter von ihr entfernt gesessen hatte. Im Schutz der Dunkelheit der Halle hatte sie den ganzen Abend über immer wieder einen Blick in seine Richtung geworfen, ihn aber nicht ausmachen können. Auch jetzt sah sie ihn nicht. Stattdessen beobachtete sie die Menschen, die langsam aus der Halle strömten. Aus den Augenwinkeln sah sie, dass sich eine dunkelhaarige Frau, die in einiger Entfernung und ebenso wie sie alleine dasaß, von ihrem Sitz erhob, einen Blick in ihre Richtung warf und dann auf sie zukam. Christinas Herz setzte einige Schläge aus. Sie wusste es sofort, das war Hennings Frau. Sie wusste nicht, was sie so sicher machte. Sie hatte nie ein Foto von ihr gesehen, Henning hatte nie davon gesprochen, wie sie aussah. Trotzdem wusste Christina sofort, dass sie es war.

»Hallo, ich bin Mona, Hennings Frau«, stellte sie sich mit einem netten Lächeln vor.

»Hallo. Ich … bin Christina.«

»Axels Freundin, ich weiß. Er hat mir erzählt, dass du heute hier bist. Und er hat mich gebeten, dir ein wenig Gesellschaft zu leisten, damit du dir nicht ganz so verloren vorkommst.«

Wie konnte dieser hinterhältige Mistkerl es wagen, diese Frau zu ihr zu schicken!? Oder ihr zu sagen, sie sei seine Freundin? Aber … hätte er sagen sollen, sie sei Hennings Freundin? Sie konnte wohl froh sein, dass er es nicht getan hatte.

»Dies war dein erster Boxkampf, nicht wahr?«

»Ja.«

»Hat es dir gefallen?«

»Es war sehr aufregend.«

»Warte nur ab, bis du Axel boxen siehst. Das wird noch viel aufregender sein.«

»Ja, das mag sein. Ich habe ihn noch nie boxen gesehen.«

»Ihr kennt euch ja erst seit einigen Tagen. Ihr habt euch hier in München kennen gelernt, nicht wahr?«

»Ja.«

»Liebe auf den ersten Blick, sagt Axel. Ich freue mich sehr für ihn. Er ist ein lieber Junge.«

»Ja, das ist er.« Es kostete Christina große Überwindung, das zu sagen. Überhaupt mit dieser Frau zu reden, war ihr zu viel. Sie hielt es nicht aus, neben ihr zu sitzen, mit ihr zu sprechen und dabei in ihr sympathisches, freundliches Gesicht zu sehen.

»Wo ist Axel eigentlich? Er ist einfach aufgestanden, sagte, er holt mich hier wieder ab und ist gegangen. Ich habe keine Ahnung, wo er ist und wann er zurückkommt.«

»Er ist mit all den anderen in der Kabine. Sie sprechen jetzt über den Kampf, trinken etwas, sprechen wieder über den Kampf ...«

»Das klingt, als käme er lange nicht zurück.«

»Ein bis zwei Stunden wird es sicher noch dauern. Marcel muss noch zur Dopingkontrolle. Danach zusammen mit Henning und dem Trainer zur Pressekonferenz. Erst wenn das alles erledigt ist, verlässt das ganze Team die Halle und fährt ins Hotel. Du wusstest nicht, dass es so ablaufen wird, oder?«

»Nein.«

»Das hätte Axel dir sagen müssen.«

»Ja, das finde ich auch.« Christinas Wut auf Axel steigerte sich. Sie hatte das Gefühl, gleich zu platzen. »Darf ich Sie um einen Gefallen bitten?«

»Ja, gerne. Aber vorher musst du mir einen Gefallen tun. Sag bitte Mona und ,du' zu mir, magst du? Du bist so jung, dass ich dich einfach geduzt habe. Ich hoffe, du bist mir deshalb nicht böse?«

»Nein, natürlich nicht. Tust ... du ... mir einen Gefallen, Mona? Sag bitte Axel, dass ich nach Hause gefahren bin. Ich sehe nicht ein, warum ich auf ihn warten sollte.«

»Ja, das mache ich.«

»Danke. - Ich muss kein schlechtes Gewissen haben, dich hier allein zu lassen?« Warum sagte sie das? Was ging sie diese Frau an?

»Nein, um Himmels willen. Geh nur. Ich bin das Warten gewöhnt. – Bis morgen, Christina. Es ist schön, dass du mit uns kommst. Ich hoffe, dass wir uns in Schwerin sehr oft sehen werden.«

»Ich freue mich auch.«

Nach einem festen Händedruck wandte sich Christina ab und eilte durch die Sitzreihen zum Ausgang. Nicht einen Augenblick länger hätte sie diese Situation ertragen können. Sie rannte aus der Halle, hinüber zum Parkplatz. Erst als sie in ihrem Auto saß, bemerkte sie, dass sie am ganzen Körper bebte. Sie war mit den Nerven völlig am Ende und bereute einmal mehr, dass sie hierhergekommen war. Sie hätte sich diesen ganzen Abend sparen können. Axels Unverschämtheiten, das Zusammentreffen mit Hennings Frau. Und ihn, die Hauptperson in diesem Drama, wegen der sie doch überhaupt gekommen war, hatte sie gar nicht zu Gesicht bekommen. Das war so enttäuschend, so niederschmetternd, dass Christina am liebsten geweint hätte.

7. Kapitel

Als Christina am nächsten Vormittag den Eingangsbereich des Münchner Flughafens betrat und sich nach dem Check-In auf den Weg zur First-Class-Lounge machte, war von ihrem in reichem Maße vorhandenen Selbstbewusstsein kaum mehr etwas zu spüren. Sie hatte Angst, und von dem Schneid und der Entschlossenheit, mit der sie normalerweise die Dinge anging, die ihr wichtig waren und von denen sie überzeugt war, war nicht mehr viel übrig. Sie hatte Angst, den Raum zu betreten, in dem außer Henning, der sie liebte, und seiner Frau, die davon nichts ahnte, nur Menschen sein würden, die sie verachteten. Vor der Tür atmete Christina einmal tief ein. Entschlossen ergriff sie dann die Klinke, öffnete die Tür und betrat die Lounge. Ihr Blick fiel sofort auf Henning. Er sah sie im gleichen Moment und lächelte zu ihr herüber. Dicht neben ihm stand seine Frau. Auch sie lächelte und forderte Christina mit einladender Geste auf, zu ihnen zu kommen. Aber um nichts in der Welt wollte sie zu ihr und zu diesem schrecklichen Trainer, der natürlich auch bei ihnen war. Sie wünschte, Henning würde ihr entgegenkommen und irgendetwas tun, was ihr die Unsicherheit nahm. Aber er rührte sich nicht vom Fleck. Während sie unschlüssig dastand und überlegte, was sie tun sollte, tauchte plötzlich Axel vor ihr auf. Christina wusste nicht, woher er gekommen war. Sie hatte ihn beim Eintreten in die Lounge nicht gesehen.

»Es wird jetzt von mir erwartet, dass ich dich umarme und küsse«, sagte er statt einer Begrüßung. Er sah dabei nicht sehr freundlich aus. Und bevor Christina wusste, wie ihr geschah, hatte er auch schon die Arme um sie gelegt und seinen Mund auf ihren gedrückt.

»Was fällt dir ein«, fauchte sie ihn empört an.

Axels Hände glitten von ihren Schultern hinab zu den Oberarmen. Seine Finger drückten fester zu als nötig war, und er tat ihr weh dabei.

»Mach jetzt bloß kein Theater«, zischte er ihr zu, sein finster verzogenes Gesicht nahe an ihrem. »Seit gestern bist du offiziell zu meiner Freundin geworden. Jeder glaubt es, vor allem Mona. Ich habe mich bereit erklärt, dabei mitzumachen. Und das auch nur, weil ich nicht will, dass sie leidet. Sie wird leiden, klar. Aber nicht heute, nicht morgen und nächste Woche auch nicht. Hast du das verstanden? Reichen deine kognitiven Fähigkeiten aus, um zu kapieren, was ich damit sagen will?«

»Ich bin ja nicht blöd!«

»Na, ich weiß nicht«, meinte Axel skeptisch. »Komm, wir lassen uns einen Drink geben und gehen dann rüber zu ihnen«, schlug er mit einem zufriedenen Blick in Christinas wütendes Gesicht vor.

»Mach, was du willst. Ich gehe wieder raus.«

»Du kannst hier nicht nach Belieben rein und rauslaufen.«

»Ich schon.«

»Ja, natürlich, du schon. Das verwöhnte Bankierstöchterchen kann alles. Sie lässt alle nach ihrer Pfeife tanzen.«

»Nur kein Neid.«

»Ich versuch's. Obwohl ,Neid' mein zweiter Vorname ist. - Was willst du denn da draußen?«

»Es geht dich zwar nichts an, aber ich möchte mir eine Zeitschrift kaufen.«

»Zeitschriften bekommst du im Flugzeug.«

»Ich möchte aber jetzt eine.«

»Zu Befehl! Das Bankierstöchterlein hat gesprochen. Also, gehen wir.«

»Ich will allein gehen!«

»Was du willst, interessiert mich nicht. Ich gehe mit und damit Basta!«

Christina musste sich sehr beherrschen, um nicht vor Wut zu schreien. Sie mochte Axel nicht. Das hatte sie Henning bei dem hastigen Telefonat, das sie gestern Nacht geführt hatten, auch klarzumachen versucht.

»Nein, niemals!«, hatte sie entsetzt ausgerufen, als er ihr erzählte, was sie bei ihrer Ankunft in Schwerin erwarten würde. »Ich kann nicht bei ihm wohnen! Und schon gar nicht ...«

»Das ist die einzige Möglichkeit«, hatte Henning sie kurz angebunden unterbrochen. »Anders geht es nicht. Sieh es ein, bitte.«

»Ich mag ihn nicht! Und er mag mich nicht!«

»Er wird nett zu dir sein, das hat er mir versprochen. Bitte, Christina!«

An dieses hastige Telefongespräch mit Henning, das er sehr schnell beendet hatte, und das einen schlechten Nachgeschmack hinterließ, so dass sie kaum geschlafen hatte, musste Christina denken, während sie durch den Flughafen hastete in dem Bemühen, Axel hinter sich zu lassen. Es gelang ihr jedoch nicht, und das machte sie noch wütender. Warum tat sie sich das an, fragte sie sich zum wiederholten Male. Seit gestern, seit seine Frau gekommen war, war Henning völlig verändert, und dieser ‚andere‘ Henning verunsicherte sie. Ein Gefühl, das unangenehm war, das sie nicht kannte, und das sie auch nicht wollte. Und von allen für Axels Freundin gehalten zu werden, wollte sie schon überhaupt nicht. Außerdem und vor allem wollte sie keinen Kontakt zu Hennings Frau, mochte sich dieser auch nur auf einen Drink in der Lounge, auf den gemeinsamen Flug und den Abschied in der Ankunftshalle in Rostock beschränken. Das alles wollte sie nicht. Aber das schien niemanden hier zu interessieren. Henning nicht. Und Axel schon gar nicht.

Wenn sein bisher gezeigtes unverschämtes Benehmen seine Vorstellung von ‚nett sein‘ war, dann konnte sie sich auf was gefasst machen, das stand fest. Aber sie würde sich nichts, aber auch gar nichts von diesem Typen gefallen lassen. Er würde sich die Zähne an ihr ausbeißen, das schwor Christina sich. Und das galt ebenso für den grantigen Trainer und selbstverständlich auch für Hennings Ehefrau! Sie würde es ihnen allen zeigen! Sie würde mit ihnen allen fertigwerden!

»Ich bin viel schöner«, murmelte Christina bei dem Gedanken an Monas hübsches Gesicht, an ihr nettes Lächeln und an ihre Herzlichkeit, die sie gestern zu spüren bekommen hatte, trotzig vor sich hin.

Leider hatte Axel, der beharrlich neben ihr herlief, mit ihr Schritt hielt und ihr in jeden Laden folgte, ihre Worte trotzdem gehört.

»Das ist Geschmacksache«, sagte er mit einem breiten Grinsen. »Mona ist für mich die tollste Frau der Welt. Wenn du dir Mühe geben würdest, würdest du schnell merken, warum ich so denke. Und wenn du sie kennenlernst, wirst du mir recht geben.«

»Es interessiert mich nicht, was und warum du so denkst. Außerdem will ich sie überhaupt nicht kennenlernen!«

»Angst vor Konkurrenz?« Axel warf Christina einen frechen Seitenblick zu und lachte sie spöttisch an.

»Ich kenne keine Konkurrenz«, behauptete sie so hochmütig sie nur konnte und warf dabei ihren Kopf in den Nacken.

»Nur schön ist ein bisschen wenig.«

»Wenn du mich nicht ausstehen kannst, warum bist du einverstanden, dass ich bei dir wohne?«, fragte Christina aufgebracht. Dieser Mann brachte sie fortwährend in Rage. »Warum lässt du zu, dass mich alle für deine Freundin halten? Das muss doch schrecklich für dich sein.«

»Es war mein Vorschlag. Wenn Henning jeden Abend in dein Hotel schleichen würde, würde Mona es sehr schnell erfahren. Also ...«

»Mona, Mona«, fiel Christina Axel aufgebracht ins Wort. »Ich kann es nicht mehr hören!«

»Das kann ich mir vorstellen.« Wieder grinste er sie an.

Christina begann dieses Grinsen von Herzen zu verabscheuen. »Du bist einfach widerlich! Ich kann dich nicht ausstehen!«

»Ich dich auch nicht. Mir sind Weiber zuwider, die anderer Leute Ehe kaputtmachen. Noch mehr, wenn es sich dabei um meine Freunde handelt.«

»Moralapostel!«

»Ehebrecherin!«

»Mistkerl!«

»Dummes Gör!«

Damit waren die Fronten fürs erste geklärt. Mit bösen Gesichtern kehrten sie zurück zur Lounge. Christina ohne die gewünschte Zeitschrift. Über dem Gezänk mit Axel hatte sie ihr Vorhaben, sich ihr Lieblingsmodejournal zu besorgen, um sich während des Fluges dahinter zu verstecken, völlig aus den Augen verloren.

8. Kapitel

Axels Haus lag in unmittelbarer Nähe des Schweriner Sees, am Ende einer Sackgasse, die zu einem Park mit vielen schönen alten Bäumen führte. Im Parterre des im Jugendstil erbauten Gebäudes befand sich ein Architekturbüro, im ersten Stock eine Anwaltskanzlei, im Obergeschoss lag Axels Wohnung.

Unbeeindruckt von ihrer abweisenden Miene führte Axel Christina durch fast alle Räume der gutgeschnittenen, großzügigen Fünfzimmerwohnung. Er riss die jeweilige Tür auf und kommentierte kurz, was in dem Raum zu sehen war: »Hier ist das Wohnzimmer. Das Esszimmer. Die Küche. Hier ist der Wirtschaftsraum, sagt meine Putzfrau jedenfalls dazu. Hier stehen Waschmaschine, Trockner, Bügelbrett und so weiter. Das ist mein Schlafzimmer, daneben mein Badezimmer.« Diese Türen öffnete er nicht. »Jetzt kommen wir zu deinem Zimmer. Nebenan ist dein Badezimmer. Wir werden uns also nicht in die Quere kommen, da meine Wohnung den Luxus von zwei Bädern zu bieten hat.«

Christina antwortete nicht auf Axels Bemerkungen. Sie besah sich alles ohne großes Interesse. Der Raum am Ende des langen Flures, den sie bewohnen sollte, war hübsch. Eine dezente Blümchentapete kontrastierte farblich mit den Übergardinen und dem französischen Bett. Ein bemalter alter Bauernschrank, eine Kommode und ein kleiner antiker Schreibtisch am Fenster mit einem Ohrensessel davor, vervollständigten das Mobiliar und gaben dem Raum eine gemütliche Note. Axel schien die

Mischung aus modernen Möbeln und Antiquitäten zu lieben, das fiel Christina während des Rundgangs durch seine Wohnung auf. Sein Esszimmer war mit alten Bauernmöbeln eingerichtet, in der großen Diele standen zwei liebevoll restaurierte Schränke. Die Einrichtung des Wohnzimmers dagegen war modern. Christina hätte ihn gerne darauf angesprochen. Auch auf die vielen Bücher in seinem Arbeitszimmer. Aber nach der Szene im Flughafen München hatte sie keine Lust mehr verspürt, auch nur ein Wort mit ihm zu reden. Nicht auf dem Flug, nicht auf der einstündigen Fahrt nach Schwerin. Auch Axel hatte die ganze Zeit über geschwiegen.

»Es ist sehr schön«, sagte Christina schließlich. Sie durchquerte den Raum, öffnete die Glastür und trat hinaus auf den Balkon. »Wenn die Bäume nicht wären, hätte man einen ungehinderten Blick auf das Schloss«, stellte sie fest. »Aber auch so ist die Aussicht nicht schlecht.«

»Im Herbst und Winter, wenn die Bäume kein Laub mehr tragen, kannst du das Schloss sehen. - Nein, du nicht. Im Herbst bist du ja längst nicht mehr hier«, verbesserte sich Axel mit einem spöttischen Grinsen.

»Hier in deiner Wohnung bin ich dann ganz sicher nicht mehr, da hast du recht«, antwortete Christina schnippisch. »Geht der Balkon um die ganze Wohnung?«

»Nicht ganz. Aber du kannst die Tür nachts ruhig offen lassen. Ich komme nicht hereingeschlichen.«

»Rede doch keinen Unsinn.«

»Ich wollte nur darauf hinweisen. - All die Blumen hier sind das Werk meiner Mutter. Sie macht das jedes Jahr für mich. Ich habe leider kein Händchen dafür.«

»Es sieht hübsch aus.«

»Freut mich, dass es dir gefällt. Dass es deinen hohen Ansprüchen genügt. - Pack deine Sachen aus. Ich mache uns inzwischen eine Kleinigkeit zu essen.«

»Ich habe keinen Hunger.«

»Ich mache trotzdem etwas zu essen.«

»Tu was du nicht lassen kannst.«

»Das mache ich immer.«

So war ihre Ankunft in Schwerin verlaufen.

Die erste Nacht in einer fremden Wohnung, in einem fremden Zimmer, in einer fremden Stadt, in der sie sich nicht willkommen fühlte, zu verbringen, war schlimm. Christina konnte nicht einschlafen. Die quälenden Gedanken an Henning ließen sie nicht zur Ruhe kommen. Er hatte sich im Parkhaus des Rostocker Flughafens von ihr verabschiedet, kühl, fast gefühllos, und war mit seiner Frau davongefahren. Sein Verhalten hatte so wehgetan, dass es ihr den Hals zuschnürte und sie sich Mühe geben musste, vor Enttäuschung nicht zu weinen. Natürlich wusste sie, dass Henning sie nicht umarmen und küssen konnte, aber musste er so gefühllos sein? Seine Frau war wesentlich netter gewesen. Für Christina völlig überraschend hatte Mona sie beim Abschiednehmen in den Arm genommen. »Axel ist nie lange böse. Wenn ihr gleich zu Hause seid, ist alles wieder gut«, hatte sie tröstend gesagt. Diese Szene war zum Weinen gewesen. Die Frau, deren Mann sie liebte und der sie liebte, tröstete sie, während er ungeduldig daneben stand und kein Geheimnis daraus machte, dass er so schnell wie möglich fort wollte. Den Tränen nahe, hatte Christina die Zähne zusammengebissen. Axel war an ihrer Seite und beobachtete sie. Nicht verstohlen, sondern ganz offen. Er wartete auf ihre Tränen. Aber sie wollte ihm nicht noch einmal den Triumph geben, sie weinen zu sehen. Das tat sie erst hinterher, nach dem schrecklichen Abendessen mit ihm, als sie endlich allein in ihrem Zimmer war.

»Henning sitzt jetzt bestimmt auch am Tisch. Mit seiner Frau und seinen beiden kleinen Mädchen«, hatte Axel beim Abendessen gesagt.

Sofort sah Christina diese idyllische, häusliche Szene vor sich. Henning und seine Familie um den Tisch versammelt, sie erzählten und lachten miteinander. Das war ein so rührendes Familienbild, dass ihr beinahe schlecht wurde. Sie wusste, dass Axel genau das beabsichtigte. Und er hatte den richtigen Zeitpunkt gewählt. Sie war so niedergeschlagen. Seit ihrer Ankunft in Schwerin, hatte sie einen Kloß im Hals.

»Hat er dir gezeigt, was er für seine Kinder gekauft hat? - Nein? - Die beiden werden jubeln, wenn sie all die Geschenke auspacken. Und den Papi umarmen und küssen. Ich kann mir gut vorstellen, wie es jetzt gerade bei Henning zu Hause zugeht. Du nicht auch? - Nein? - Sie sind wirklich süß die beiden. Vielleicht ergibt sich ja die Gelegenheit, dass du sie kennen lernst. Ob sie dich wohl als neue Frau ihres Vaters akzeptieren werden? Was meinst du? - Keine Meinung? - Also, ich glaube es nicht. Die armen Würmchen können einem leidtun. Ich wäre auch nicht scharf auf eine Stiefmutter, die gerade mal neun Jahre älter ist als ich.«

Christina konnte nicht mehr. Die Tränen schossen so plötzlich aus ihren Augen, dass sie es hilflos geschehen ließ. »Du bist gemein! Du bist so gemein!«, schluchzte sie in Axels Richtung. Vor lauter Tränen konnte sie ihn nicht mehr erkennen. Sie sah daher sein zufriedenes Gesicht nicht, als sie aufsprang und laut weinend aus dem Zimmer lief.

Auf dem Bett liegend weinte sie, bis keine Tränen mehr kamen. Den Rest der Nacht wanderte sie im Gästezimmer hin und her und wartete auf Hennings Anruf. Aber die Stunden vergingen, ohne dass sie etwas von ihm hörte. Warum rief er nicht an? Er musste sich doch denken können, wie verlassen sie sich fühlte. Warum bloß war sie mit ihm hierhergekommen? Mit wehem Herzen dachte Christina an ihren unerfreulichen Streit mit Tilde. Noch nie hatten sie sich so heftig gestritten. Dieses Mal jedoch hatte Tilde sich zu viel herausgenommen. Sie hatte ihr tatsächlich verboten – verboten! -, mit Henning fort zu gehen. Sie konnte ihn vom ersten Augenblick an nicht leiden. Und dabei wusste sie nicht einmal, dass er verheiratet war. Christinas Hinweis, sie sei neunzehn und volljährig, hatte Tilde mit einem verächtlichen Schnauben abgetan. Ihre Auseinandersetzung war immer lauter geworden und gipfelte darin, dass Tilde tatsächlich in Genf angerufen hatte. Ihre Eltern waren jedoch ausgegangen. Stattdessen war Großvater am Apparat, vor dem Tilde höchsten Respekt hatte und aus diesem Grund den Hörer sofort weitergegeben hatte. Christina hatte lange mit ihm gesprochen und ihm von ihrem Vorhaben erzählt. Sie wusste, er würde sie verstehen. Er verstand sie auch jetzt. Nachdem sie die großväterliche Absolution bekommen hatte, war sie die Treppe hinaufgelaufen ohne Tilde eines Blickes zu würdigen und hatte ihre Koffer gepackt.

Warum hatte sie Henning nicht gebeten, in München zu bleiben?, fragte sich Christina voller Verzweiflung. Dann hätte sie jetzt keinen Streit mit Tilde, der ihr wie ein Stein im Magen lag, und der mit zu ihrer deprimierten Stimmung beitrug. Warum hatte sie sofort zugestimmt, mit ihm zu kommen und in München ihr Zuhause, ihre Freunde, alles Vertraute hinter sich gelassen? Genauso gut hätte doch Henning hier in Schwerin alles hinter sich lassen können, oder? Nein, das ging ja nicht so einfach. Er war verheiratet, er hatte eine Familie, um die er sich kümmern musste. Aus diesem Grund war sie hier, in dieser fremden Stadt, in der sie niemanden kannte und wahrscheinlich auch nie jemanden kennenlernen würde. Weil sie Rücksicht auf Henning nehmen musste, saß sie jetzt hier in der Wohnung seines Freundes, in seinem Gästezimmer und musste sich fortwährend gegen seine Unverschämtheiten wehren. Warum bloß hatte sie sich darauf eingelassen, bei Axel zu wohnen? Warum eigentlich hatte sie bisher immer nur das getan, was für Henning gut und bequem war? Warum hatte sie keine eigenen Wünsche geäußert? Sie hatte sich gefügt, weil Henning zu wissen schien, was richtig war und was getan werden musste. Würde so ihr Leben an seiner Seite aussehen?, schoss es Christina durch den Kopf. Henning war viel älter als sie, er würde sich aufgrund seines Alters und seiner Erfahrung immer durchsetzen. Das war ein unangenehmer Gedanke, der nicht so recht in ihr himmelhochjauchzendes Liebesglück passte.

Diese wirren Überlegungen quälten Christina die ganze Nacht, so dass an Schlaf nicht zu denken war. Auch ihre Angst, das Telefonklingeln zu überhören, hielt sie wach. Irgendwann musste sie doch eingenickt sein, denn das laute Motorengeräusch eines Rasenmähers riss sie aus ihrem unruhigen Schlaf. Benommen richtete sie sich auf. Ein Blick auf den Wecker zeigte ihr, dass es bereits nach neun Uhr war. Ihr Magen knurrte. Das war kein Wunder, denn sie hatte gestern kaum etwas gegessen. Sie sehnte sich nach einem ordentlichen Frühstück mit einer starken Tasse Kaffee. Christina horchte zur Tür hinüber. In der Wohnung war es still, kein Laut drang zu ihr herein. Hoffentlich bedeutete das, dass Axel bereits zum Training gefahren war und sie allein in der Wohnung war.

Diese Hoffnung erfüllte sich jedoch nicht. Als Christina das Esszimmer betrat, saß Axel noch beim Frühstück. Er blickte hoch, als sie in der Tür erschien und sah sie mit unbewegter Miene an. Die dunklen Schatten unter ihren Augen verrieten ihm, dass sie keine gute Nacht gehabt hatte. Er freute sich darüber.

»Na, wie lange hast du gestern noch darauf gewartet, dass dein verheirateter Freund anruft?«, fragte Axel statt einer Begrüßung.

»Ich weiß, dass Henning verheiratet ist. Das musst du nicht bei jeder Gelegenheit erwähnen!«, schnappte Christina zurück.

»Ich werde das so lange erwähnen, bis du endlich begreifst, was es bedeutet, verheiratet zu sein! Niemand hat das Recht, eine intakte Ehe kaputt zu machen!«

»So intakt, wie du behauptest, kann Hennings Ehe nicht sein. Sonst ...«

»Seine Ehe war völlig in Ordnung! Bis du gekommen bist! - Was willst du von ihm? Warum muss es ausgerechnet er sein? In deinen Schickimickikreisen gibt es doch sicher genug Männer, die gut aussehen und die Geld haben. Nimm dir so einen und lass Henning zufrieden!«

»Ich will aber Henning!«

»Ich will! Ich will! Wenn ich so was höre, könnte ich ...« Wut klang in Axels Stimme. Mit Mühe riss er sich zusammen. »Noch ist es nicht zu spät. Sei vernünftig. Pack deine Koffer und fahre nach Hause. Dann ist alles wieder in Ordnung.«

»Ich denke nicht daran!« Wütend stand Christina vom Tisch auf und verließ das Zimmer ohne Frühstück und ohne den ersehnten Kaffee.

In den folgenden Tagen versuchte Christina, Axel soweit es ging aus dem Weg zu gehen. Das war ziemlich unbequem, denn er verließ zu unregelmäßigen Zeiten seine Wohnung, war dann jedoch für Stunden fort. Erst dann kam sie aus ihrem Zimmer, um zu frühstücken oder sich mittags eines der wenig schmackhaften Fertiggerichte zuzubereiten, die sie im nahegelegenen Supermarkt kaufte. Sie fühlte sich völlig verloren in Axels Wohnung. Henning war weit fort, sie sah ihn nicht, und das Telefonieren mit ihm erwies sich als ziemlich schwierig. Er rief sie zwar täglich an, jedoch immer erst gegen Mitternacht. Um diese Zeit war Axel natürlich zu Hause und es zeigte sich, dass er überhaupt kein Benehmen hatte. Er dachte nicht im Traum daran, das Zimmer zu verlassen, damit sie ungestört mit Henning sprechen konnte. Jeder anständige Mensch hätte das getan. Da das Telefon im Wohnzimmer stand, konnte Axel bequem vom Sessel aus zuhören, wenn sie mit Henning sprach. Und danach natürlich seine unnötigen Kommentare dazu abgeben.

»Na, wollte Henning nicht, dass du ins Hotel ziehst? Fort vom bösen Axel?«

»Er macht sich eben Sorgen um mich. Er möchte nicht, dass ich allein in einem Hotel wohne.«

Axel lachte höhnisch. »Das hat er gesagt? So ein Unsinn! Er macht sich keine Sorgen um dich. Eher um Mona, damit sie bloß nicht erfährt, dass er eine Freundin hat.«

»Woher sollte sie das erfahren? Es sei denn, du sagst es ihr.«

»Kindchen, denk doch mal nach. Auch wenn es schwerfällt. Henning ist hier aufgewachsen. Sehr viele Menschen kennen ihn hier in Schwerin. Es würde den Leuten schon merkwürdig vorkommen, was er in einem Hotel, im Zimmer Soundso, zu suchen hat. Nein, du wirst schon bei mir bleiben müssen.«

»Ich will aber nicht hier bleiben!«

»Dafür habe ich eine prima Lösung: Pack deine Koffer. Ich fahre dich sofort zum Flughafen.«

»Das hättest du gern, nicht wahr?«

»Ja, das hätte ich gern.«

»Den Gefallen werde ich dir niemals tun!«

»Abwarten, Kindchen. Unterschätze mich nicht.«

»Unterschätze du mich nicht. Und höre gefälligst auf, mich Kindchen zu nennen, das habe ich dir schon einmal gesagt!«

»Wie soll ich dich stattdessen nennen? Ist dir ‚Ehebrecherin‘ lieber?«

Mit bösen Gesichtern starrten sich beide an. Schließlich wandte sich Christina um und verließ mit ruhigen Schritten den Raum. Als sie sich außer Axels Sichtweite befand, rannte sie den Flur entlang zum Gästezimmer. Dort warf sie sich auf das Bett, trommelte mit beiden Fäusten auf das Kissen ein und fing vor Wut an zu weinen. Sie hasste diesen Mann. Sie verabscheute ihn so sehr, dass sie ihn ohrfeigen, ihn quälen, ihn foltern würde, wenn sich nur die Gelegenheit dazu böte. Die Sorge, dass sie ihm nicht gewachsen war, beunruhigte sie. Sie kam gegen ihn nicht an, weil sie Männer wie ihn nicht gewohnt war. In ihren Kreisen benahmen sich junge Männer wie Gentlemen, die wussten, wie man eine junge Dame behandelte. Für Axel waren ‚gute Manieren' und ‚angemessenes Benehmen' anscheinend Fremdwörter, von denen er noch nie gehört hatte. Christina schwor sich, stark zu sein und sich nicht von ihm unterkriegen zu lassen. Sie würde mit ihm fertig werden. Sie würde als Siegerin den Ring verlassen, während er angezählt auf dem Boden lag, das stand für sie fest.

9. Kapitel

Seit sie bei ihrem letzten Streit weinend aus dem Zimmer gelaufen war, hatte Axel Christina nicht mehr gesehen. Das lag zum einen daran, dass er inzwischen darauf verzichtete, bei den nächtlichen Telefonaten zwischen Henning und ihr anwesend zu sein. Und sie ließ sich weder zum Frühstück noch zum Abendessen blicken. Christina war noch da, das schloss er aus den fremden Geräuschen in seiner Wohnung. Wahrscheinlich wartete sie, bis er nach dem Frühstück zum täglichen Training aufbrach, um sich dann frei in den Räumen bewegen zu können. Dass sie morgens etwas aß, verriet ihm beim Heimkommen der abgeräumte Frühstückstisch. Auch sein benutztes Geschirr stand abgespült im Schrank. Wovon sie sich ansonsten ernährte, wusste er nicht. Vielleicht bediente sie sich aus dem Tiefkühlschrank. Ob sie es tat, überprüfte Axel nicht. Denn es interessierte ihn nicht.

So vergingen die ersten anderthalb Wochen ihres Zusammenlebens. Axel war kaum zu Hause. Er befand sich zehn Wochen vor seinem nächsten Kampf. Das bedeutete für ihn besonders intensives Training und viele Gespräche mit Coach und Betreuern, aber zwischendrin auch Freizeit zur Regeneration. Axel wunderte sich, dass Hennings Freundin, Geliebte oder was auch immer es irgendwie schaffte, sich auch nicht einmal von seinem unregelmäßigen Nachhausekommen überraschen zu lassen. Die Wohnung schien leer zu sein, wann immer er heimkam.

Natürlich machte Axel sich hin und wieder Gedanken über seinen Hausgast. Aber nicht sehr oft und auch nie sehr lange. Irgendwann jedoch fing er an, sich ernsthaft Gedanken über Christina zu machen. Es war nicht fair von ihm, das Mädchen so mies zu behandeln, das gab er schließlich zu. Er konnte sie zwar nicht ausstehen. Aber es war immerhin sein Vorschlag gewesen, sie als seine Freundin auszugeben, weil er der Meinung gewesen war, dies sei die eleganteste Lösung, diese ganze unerfreuliche Situation in den Griff zu bekommen. Vor allem aber und in erster Linie wollte er die Gelegenheit nutzen, die ihm ihre Anwesenheit in seiner Wohnung bot, um sie mürbe zu machen. Der Anfang war bereits gemacht, konstatierte Axel mit einem zufriedenen Lächeln bei dem Gedanken an die vielen Tränen, deren Zeuge er geworden war. Alles lief in die richtige Richtung, und das war gut so. Aber er war noch lange nicht am Ziel. Und dieses Ziel würde er nicht erreichen, wenn sich die Kleine im Gästezimmer vergrub und er keine Gelegenheit hatte, ihr ihr schäbiges Verhalten Mona gegenüber immer wieder vor Augen zu führen. Mittlerweile sah Axel auch ein, dass sie beileibe nicht die Hauptschuld an dieser unerfreulichen Sache trug. Henning war ein Frauentyp, wie musste er auf einen neunzehnjährigen Teenager wirken. Er war der Schuldige. Er hätte es in der Hand gehabt, es gar nicht erst so weit kommen zu lassen. War sie wirklich der Typ, sich an einen verheirateten Mann heranzumachen und eine Ehe zu zerstören? Axel glaubte das eigentlich nicht. Sie war so verdammt schön, sie hatte es doch nicht nötig, sich einem Mann an den Hals zu werfen, der Frau und Kinder hatte. Das war doch nicht ihr Stil, oder? Sie konnte doch jeden anderen Mann haben. Aber nein, es musste ausgerechnet sein Freund sein. Welche Probleme ein solches Verhältnis mit sich brachte, hatte sie sich wohl nicht vorgestellt. Axel hatte nicht vergessen, wie verzweifelt sie gewesen war, als sie von Horst erfuhr, dass Henning verheiratet war. Der war anscheinend zu feige gewesen, ihr diese nicht ganz unbedeutende Tatsache zu beichten. Was hatte Henning sich dabei gedacht, sie nach Schwerin mitzunehmen? Warum hatte sie sich darauf eingelassen? Hatte sie nicht über die Konsequenzen nachgedacht? Wahrscheinlich nicht, blond und blöd wie sie war. Und jetzt sitzt sie hier, kennt keinen Menschen und wartet darauf, dass er anruft oder vorbeikommt. Je mehr Axel über Henning und seine Beziehung zu Christina nachdachte, desto grimmiger wurde sein Gesicht. Er würde verhindert, dass sein Freund tatsächlich elf Jahre Ehe ohne Rücksicht auf Frau und Kinder einfach fortwarf, um dieses nichtsnutzige dumme Ding zu heiraten. Das hatte er sich geschworen. Und er würde alles dafür tun, sein Ziel zu erreichen.

Kurzentschlossen legte Axel den Krimi beiseite, in dessen spannende Story er vertieft gewesen war, bevor ihn die Gedanken an Henning und Christina in die Realität versetzt und ihn daran erinnert hatten, dass es in seinem Leben im Moment einige Dinge gab, die wichtiger waren als die Mörderjagd. Genauso spannend wie diese könnte jedoch auch der Ausgang seines perfiden Planes sein, und wenn er es clever anstellte, würde das Happy End zu Monas Gunsten ausfallen. Axel hatte keinen Zweifel daran, dass es so geschehen würde.

Er stemmte sich aus seinem Sessel hoch und ging mit energischen Schritten den Flur entlang zum Gästezimmer. Nach einem kurzen Klopfen öffnete er die Tür und trat ein, ohne eine Aufforderung abzuwarten. Sein Blick fiel sofort auf das Bett, das rechts neben der Balkontür an der Wand stand. Er sah auf Christina, die bäuchlings auf der Tagesdecke lag und seinen alten Teddy im Arm hielt. Überrascht blieb er einen Moment im Türrahmen stehen und sah auf das Bild vor sich. Irgendwie rührte ihn diese Szene. Ein wärmendes Gemisch aus Zärtlichkeit und Mitgefühl überkam ihn so plötzlich und unerwartet, dass er die Luft anhielt und die Zähne fest zusammenbiss, um diese unerwünschte Regung abzuwehren.

»Christina, komm, wir gehen raus, ein Bier trinken«, schlug Axel mit ruhiger Stimme vor.

Christina hob ihr tränennasses Gesicht und sah ihn an. »Wenn Henning anruft oder kommt. Da muss ich doch da sein. Da ...«

»Er muss sich um seine Familie kümmern. Er kann nicht kommen. Und anrufen kann er erst um Mitternacht, wenn alles schläft.«

»So habe ich mir das nicht vorgestellt«, sagte sie traurig.

»Aber so ist es, wenn man einen verheirateten Mann liebt. Und im Bett liegen und weinen und tagelang nichts essen, bringt überhaupt nichts. Das ist nicht gut für den Teint.« Axel hatte erreicht was er wollte. Christina lächelte tatsächlich ein wenig.

»Du musst dich nicht um mich kümmern, Axel.«

»Ich will es aber. - Komm, ziehen wir los.«

Von diesem Tag an entwickelte sich eine Freundschaft zwischen ihnen, die beide eigentlich für unmöglich gehalten hatten. Sie sprachen viel miteinander, sie lachten viel miteinander. Und Axel gab bald alle seine Vorurteile auf. Das Mädchen war frisch und natürlich und völlig unkompliziert. Keineswegs blond und blöd und voller Starallüren, wie er zu Anfang ihrer Bekanntschaft gedacht hatte. Er war gerne mit ihr zusammen, und er genoss dabei natürlich auch das Aufsehen, das er mit Christina an seiner Seite erregte. Obwohl er sich heftig dagegen wehrte, gab er es ungern zu: Er konnte Henning immer besser verstehen, warum er sich in dieses Mädchen verliebt hatte. Es war nie langweilig mit ihr. Außerdem war es ein tolles Gefühl, von allen Männern, egal wie jung oder alt, beneidet zu werden. »Das ist meine Freundin«, erklärte er den Leuten in seiner Nachbarschaft und drückte dabei Christina an sich. Sie lachte nur dazu und umarmte ihn ebenfalls. Wenn Axels Zeit es zuließ, bummelten sie durch die Stadt, wobei er den Fremdenführer spielte und ihr die Sehenswürdigkeiten Schwerins zeigte. Christina gewöhnte sich an, ihn beim Joggen um den See auf dem Fahrrad zu begleiten. Bei einem ihrer Spaziergänge durch den Park griff Axel einfach nach ihrer Hand. Das tat er seitdem wie selbstverständlich, wann immer sie nebeneinander her gingen. Sie ließ es zu, weil sie im Moment ein wenig Halt brauchte, aber auch, weil es irgendwie ein gutes Gefühl war. Sie fanden immer etwas, über das sie diskutieren oder auch einfach nur herumalbern konnten. Mit Axel konnte man herrlich albern sein. Er war sechsundzwanzig und wirklich für jeden Spaß zu haben. Mit Henning hatte sie zwar auch gelacht, aber niemals so unbändig, so ausgelassen. Christina fühlte sich wohl in Axels Gesellschaft. Sie verstand gar nicht mehr, warum sie jemals so schlecht von ihm gedacht hatte. Er war unverschämt gewesen, das stimmte. Aber mittlerweile wusste sie, dass er nett war und sehr fürsorglich sein konnte. Intelligent war er übrigens auch. Sie liebte die meist kontroversen Diskussionen mit ihm; sie konnte mit ihm über alles sprechen. Nur Henning war ein Tabuthema. Entweder blockte Axel Christinas Fragen nach seinem Freund sofort ab, oder er lenkte das Gespräch geschickt auf Hennings Frau und Kinder. Und das wollte Christina nun wirklich nicht hören.

Eines Abends, als sie in Axels Stammkneipe waren und über seinen bevorstehenden Kampf sprachen, fragte Christina interessiert: »Wie viele Gewichtsklassen gibt es beim Boxen?«

»Hm«, machte Axel und stellte das Glas mit dem alkoholfreien Bier auf dem Tresen ab. »Da muss ich echt überlegen und meine Finger zur Hilfe nehmen. Bantam, Welter, Halbwelter, Mittel, Halbmittel, Fliegen ...«

»Fliegengewicht? Das klingt lustig.«

»Das sind die Superleichtgewichte. Du, zum Beispiel, gehörst in die Klasse 'Stubenfliegengewicht'.«

Christina lachte. »Die arme Stubenfliege hat natürlich keine Chance gegen das Schwergewicht.«

»Nein, ich könnte sie mit einer Hand zerquetschen.«

Christina sah in Axels lächelndes Gesicht. Er sah nicht so gut aus wie Henning. Keiner tat das! Aber er hatte ein nettes, sympathisches Gesicht, das noch netter aussah, wenn er lachte. Auch er hatte blaue Augen, allerdings waren diese nicht so strahlend blau wie Hennings Augen. Auf der Nase hatte er einige wenige Sommersprossen, die Christina, wann immer sie diese betrachtete, an einen von Astrid Lindgrens Lausbuben aus Bullerbü denken ließ. Sein blondes Haar war ziemlich kurz geschnitten und mit ein wenig Gel in Form gebracht. Er sah gut aus mit diesen kurzen Haaren. Wenn er wollte, konnte er so richtig lieb und sanft aussehen. In diesen seltenen Momenten fand Christina ihn beinahe unwiderstehlich. Sie konnte sich ihn in jedem Beruf vorstellen, und sie fand es merkwürdig, dass er sich ausgerechnet für den Boxsport entschieden hatte.

»Woran denkst du?«, unterbrach Axel ihre Gedanken.

»Warum bist du Boxer geworden?«

»Die Frage ist schnell beantwortet. Ein Schulfreund von mir in Berlin war in einem Boxclub. Er hat mich eines Tages dorthin mitgeschleppt und ich habe sofort gewusst, das ist mein Sport. Ich war damals schon ziemlich groß und kräftig. Ein erfolgreicher Turner oder Eiskunstläufer wäre ich sicher nicht geworden.«

Christina lachte. »Für einen Boxer siehst du viel zu lieb und sanft aus.«

Axel verschluckte sich fast an seinem Bier. »Täusche dich nur nicht«, erklärte er amüsiert. »Das ist alles nur Tarnung. Ich hoffe, meine Gegner fallen darauf herein.«

»Aha. - Wer bestimmt eigentlich, wer gegen wen boxt?«

»Um Himmels willen, du stellst Fragen heute«, seufzte Axel. Er freute sich jedoch, dass Christina Interesse an seinem Beruf zeigte. Dieses Interesse war nicht gespielt.

Seit sie miteinander sprachen, hatte sie ihm schon eine Unzahl Fragen über sein Sportlerleben gestellt. Und es fand sich immer noch etwas, was sie wissen wollte. Den meisten seiner verflossenen Freundinnen war es wichtig gewesen, dass er der Profiboxer Axel Bergmann war, mit dem man auf den angesagten Partys oder sonstigen wichtigen Events in Schwerin, Rostock oder Berlin erschien, und an dessen Seite auch etwas Glanz und Aufmerksamkeit für sie abfiel. So sah es aus, er machte sich da nichts vor. Dass Christina anders war, gefiel ihm.

»Ich will dir sämtliche Boxverbände, Weltverbände und so weiter ersparen, das ist alles viel zu kompliziert für einen Laien. Die vereinfachte, unkomplizierte Kurzform ist so: Die Manager anderer Boxer fragen bei meinem Management an, ob Interesse an einem Kampf besteht, und umgekehrt.«

»Sie fragen also bei Henning an? Und Henning fragt bei ihnen nach?«

»Ja, so ist es. Seit ich Profi bin, ist er mein Manager. – Wenn ein amtierender Weltmeister anfragt, muss ich die Herausforderung annehmen. Ohne guten Grund kann ich nicht ablehnen. Und er bekommt natürlich die Börse. Das bedeutet, die Millionenbeträge sind für ihn, der Rest für den Herausforderer, also ich. Solange ich nicht den Weltmeistertitel in meiner Gewichtsklasse habe, muss ich mich mit dem Rest des Geldes zufrieden geben. Und die Werbung ist auch nicht besonders scharf auf mich. Das ist auch wieder Geld, das ich ohne Titel nicht so einfach bekomme.«

»Du wirst den Titel holen, da bin ich mir sicher.«

»Wenn du willst, gebe ich dir eine VIP-Karte für meinen Kampf in Stuttgart. Ich würde mich freuen, wenn du kommst.«

»Wirklich? Dann komme ich natürlich. Und ich werde dir ganz fest die Daumen drücken«, versprach Christina und sah lächelnd in Axels Augen.

»Das will ich auch schwer hoffen«, antwortete Axel. Er erwiderte ihren Blick solange, bis er wieder diese merkwürdige Schwäche in seinem Körper fühlte. Dagegen half nur ein weiteres Bier. Er winkte dem Wirt mit seinem leeren Glas.

10. Kapitel

Heute Nachmittag kommt die Presse zu uns«, teilte Axel Christina so ganz nebenbei beim Frühstück mit. »Sie wollen ein Interview mit mir machen, dazu einige Fotos schießen. Privatleben macht sich immer gut in Illustrierten.«

»Stört es dich nicht, dass Presse und Fotografen immer um dich herum sind? Oder dass du immer Autogramme geben musst, egal wo du bist?«, fragte Christina, bevor sie herzhaft in ihre Semmel biss. Axels Ankündigung nahm sie unberührt zur Kenntnis, schließlich gehörte sie nicht zu seinem Privatleben.

»Doch, das stört mich. Aber nur manchmal«, gab Axel zu. »Um ehrlich zu sein, meistens genieße ich diesen Rummel. Er ist gut für meine Publicity. Und mein Ego hat natürlich auch was davon.«

»Du bist wirklich ehrlich«, lachte Christina. »Ich werde dann heute Nachmittag für diese Leute Kaffee kochen und anschließend spazieren gehen. In Ordnung?«

»Keinesfalls. Du wirst natürlich dabei sein. Sie wollen selbstverständlich auch Fotos von dir, von uns, vom glücklichen Paar.«

»Nein, das will ich nicht. Das kann ich nicht, Axel. Es war mir schon peinlich, wie sie sich auf dem Flughafen angestellt haben, als wir aus München kamen.«

»Ich dachte, es hätte dir gefallen. Alle meine Freundinnen haben es genossen, plötzlich im Rampenlicht zu stehen.«

»Ich bin aber nicht deine Freundin.«

»Für die meisten Leute schon. Sei froh darüber. Wäre es dir lieber, sie erfahren, dass du Hennings Freundin bist?«

»Natürlich nicht!«, rief Christina entsetzt aus.

»Na, also. Vergiss nicht, wenn du ihn wirklich haben willst, musst du Opfer bringen. Du bekommst im Leben nichts geschenkt. Und schon gar nicht einen verheirateten Mann.«

»Kannst du das Wort ‚verheiratet‘ nicht endlich aus deinem Vokabular streichen?«

»Das könnte dir so gefallen! Nee, nee, Kindchen, da wird nichts gestrichen. Im Gegenteil …«

»Du sollst mich nicht Kindchen nennen!!!«

»Entschuldige, das hab ich vergessen. Wie soll ich dich denn nennen? Wie hättest du es denn gerne?«

»Ich heiße Christina. Christina Charlotte Viktoria.«

»Versuchst du gerade, mich zu beeindrucken?«

»Nichts liegt mir ferner, als dich zu beeindrucken. Du musst dir meine Vornamen nicht merken. Es genügt völlig, wenn du mich Christina nennst.«

»Ach komm, sei keine Spielverderberin. Es reizt mich, dich Kindchen zu nennen.«

»Mich auch.«

»Christina ist doch viel zu lang«, behauptete Axel, nachdem er sich von seinem Lachanfall erholt hatte. »Ich finde, Tina passt gut zu dir. Wenn ich dich Tina nennen darf, werde ich nie wieder Kindchen sagen. In Ordnung?«

»Einverstanden«, gestattete Christina großmütig. »Alles ist besser als dieser blöde Name! – Aber wir sind vom Thema abgekommen. Eines möchte ich nämlich unbedingt von dir wissen, bevor wir wieder zu streiten anfangen. Warum machst du mit, warum hilfst du Henning und mir, indem du mich bei dir wohnen lässt und mich als deine Freundin ausgibst, obwohl du seine Frau so gerne hast.«

»Nur aus diesem Grund mache ich mit. Und nicht, weil ich Henning und dir helfen will. Ich werde nicht zulassen, dass ihr Mona wehtut. Das habe ich dir schon einmal gesagt. Und ich habe dir auch gesagt, dass ich das mit allen Mitteln verhindern werde.«

Christina biss sich auf die Lippe. »Du nimmst wie immer kein Blatt vor den Mund.«

»Daran wirst du dich schon noch gewöhnen.«

>Nein, das werde ich nicht<, dachte Christina. Aber sie sprach es nicht aus. Obwohl sie sich seit einiger Zeit wesentlich besser verstanden, war sie immer noch sehr darauf bedacht, Axel keine Angriffsfläche zu bieten. Denn die würde er sofort ausnutzen, um ihr zu zeigen, wie unmoralisch und charakterschwach sie doch war, und wie wenig er sie deshalb leiden konnte. Sie wollte nicht, dass er sie nicht leiden konnte. Er gefiel ihr weitaus besser, wenn er nett zu ihr war. Aber das würde sie ihm niemals sagen.

Pünktlich um drei Uhr erschienen die Presseleute, ein Reporter und ein Fotograf einer überregionalen Zeitung. Axel, bekleidet mit Jeans und einem blau-weiß gestreiften Hemd, dessen Ärmel er aufgerollt hatte, führte die beiden Männer ins Wohnzimmer. Nur Sekunden später erschien Christina in weitgeschnittener weißer Leinenhose und ärmelloser weißer Bluse. Einzige Farbtupfer waren der rote Gürtel und die Halskette aus dicken, roten Korallenkugeln. Ihr blondes Haar, das sie oft zum Pferdeschwanz hochband, trug sie heute offen. Sie sah wie ein Engel aus, wie sie da im Türrahmen stand, einen kleinen Moment zögerte und dann den Raum betrat. Axel bereitete es große Mühe, sie nicht anzustarren. Die beiden anderen Männer verbargen ihre Begeisterung über Christinas Anblick nicht.

»Fangen wir doch gleich mit den Aufnahmen an«, schlug der Fotograf vor, nachdem man sich gegenseitig vorgesellt und begrüßt hatte.

Gehorsam setzten Axel und Christina sich an den Esszimmertisch, den sie vorher gedeckt hatte. Die beiden

Tassen für die Reporter wurden aus dem Bild geschoben, die Schale mit den Keksen etwas näher heran. Die Zeitungsleute wollten ein trautes Kaffeetrinken der beiden sehen und keine vier Tassen auf dem Tisch. Vom Wohnzimmer aus ging es auf den Balkon. Dort legte Axel spontan seine Arme um Christina und sah ihr tief in die Augen.

»Smile«, sagte er leise.

Da musste sie plötzlich lachen. Und schon war das Eis gebrochen. Das alles hier war doch nur Spaß, nichts weiter. Axel nahm es nicht ernst, also musste sie es auch nicht. Mit wachsendem Vergnügen ließ Christina sich von Axel in den Arm nehmen, lag mit ihm auf dem Sofa, hockte neben ihm vor der Stereoanlage und stand mit ihm in der Küche am Herd. Was der Fotograf auch vorschlug, sie taten es bereitwillig.

Auch die vielen Fragen beim anschließenden Kaffeetrinken beantworteten beide geduldig, wenn auch nicht immer wahrheitsgemäß.

»Wo haben Sie Axel kennen gelernt, Christina? Ich darf Sie doch Christina nennen?«

»Ja, das dürfen Sie. Wir haben uns in München ...«

»... kennen gelernt«, fiel Axel Christina ins Wort. »In einem Biergarten. Ich habe sie einfach angesprochen. Es war Liebe auf den ersten Blick«. Er griff nach ihrer Hand und behielt sie während des Gespräches in seiner.

»Was machen Sie in München?«

»Ich habe im Frühjahr Abitur gemacht ...«

»Ein Einserabitur.«

»Woher wissen Sie das?« Überrascht sah Christina den Reporter an.

»Ich habe mich selbstverständlich vorbereitet auf dieses Gespräch.«

»Ja, das sehe ich. - Im Herbst gehe ich mit einer Freundin auf Weltreise. Danach werde ich in Boston studieren.«

Dass Axel überrascht war, das zu hören, merkte sie nur an dem kurzen verstärkten Druck an ihrer Hand, die er immer noch festhielt. Er hatte sich aber ausgezeichnet in der Gewalt. Nichts in seinem Gesicht verriet den Reportern, dass ihn diese Aussage unvorbereitet traf. »Ich habe mich in eine Intelligenzbestie verliebt«, sagte er grinsend.

»Aber jetzt werden Sie Ihre Pläne doch ändern, oder? Jetzt, wo Sie Axel kennen gelernt haben? Ich meine, einige Wochen oder Monate auf Weltreise, danach Harvard. Keine Liebe überlebt eine so lange Trennung.«

Bevor Christina nach irgendeiner Antwort suchen konnte, mischte sich Axel ein. »Das waren Christinas Pläne, bevor wir uns kennen gelernt haben. Jetzt ist alles anders. Wir werden uns niemals trennen, nicht wahr, mein Liebling?«

»Nein, niemals«, bestätigte Christina.

Nach zwei Stunden war es überstanden. Nachdem auch Axel alle an ihn gerichteten Fragen, die sich ausschließlich um seinen bevorstehenden Kampf, seine Fitness und seine Siegchancen drehten, geduldig beantwortet hatte, verabschiedeten sich die Zeitungsleute.

Als die Tür hinter ihnen ins Schloss fiel, atmete Christina erleichtert auf. »Sie wussten alles über mich«, sagte sie dann empört zu Axel. »Wer mein Vater ist, meine Schweizer Staatsbürgerschaft, meine Abiturnote. Einfach alles! Es ist nicht zu fassen!«

»Sie haben ihre Hausaufgaben gemacht. Klar, dass sie sich in München erkundigt haben. Die Jungens waren nicht von der Regenbogenpresse. - Abinote Einskommanull, nicht schlecht. Ich hatte Zweikommasieben.«

»Du hast Abitur gemacht?«

»Meine Eltern haben darauf bestanden. Nicht alle Boxer sind blöd.«

»So habe ich das nicht gemeint.«

»Schon gut.«

»Hast du studiert?«

»Nein. Ein Studium plane ich erst nach Beendigung meiner Karriere.«

»Henning hat studiert.«

»Ja, nach seiner Militärzeit.«

»Henning war Soldat?! Das hat er mir nie erzählt.«

»Jeder männliche Bürger der DDR wurde sofort nach Schulabschluss eingezogen. Henning dachte sicher, du wüsstest das.«

»Nein, das wusste ich nicht. Woher auch.«

»Ich denke, das gehört doch wohl zur Allgemeinbildung.«

»In deiner DDR vielleicht, aber nicht bei uns im Westen.«

»Punkt für dich. Wenn auch nur ein ganz kleiner.«

»Danke. - Du hast Glück gehabt, nicht wahr? Du musstest nicht zum Militär.«

»Das ist richtig. Der Militärdienst ist mir erspart geblieben Ich war neunzehn als die Mauer fiel.«

»Bist du dort gewesen? An der Mauer? An dem Tag?«

»Wir waren zufällig auf Abifahrt in Ost-Berlin. Wir haben mit all den tausenden Menschen mitgefeiert, auf der Straße getanzt, sämtliche Mädchen geküsst und uns ordentlich betrunken. Wie hast du das erlebt?«

»Ich war erst zwölf, aber trotzdem hat es mich berührt, die vielen Menschen zu sehen, die sich in den Armen lagen und weinten. Meine Eltern haben sich sehr gefreut. Sie haben gleich etliche Freunde angerufen und dann eine Riesenparty gefeiert. Und ich durfte bis Mitternacht aufbleiben.«

»Das hat dir am meisten gefallen, oder?«

»Ja, ich glaube, das war so.«

Christina sah in Axels Gesicht, das sie anlächelte. Hin und wieder konnten sie sich tatsächlich einmal ganz vernünftig unterhalten. Sie erlebte dann einen Axel, der nett, aufmerksam und sehr witzig war, so wie heute. Leider waren diese Momente sehr selten. Aus diesem Grund fiel ihr wohl erst am Abend, als sie bereits eine Weile im Bett lag, auf, dass sie heute einen sehr schönen Tag mit ihm erlebt hatte, ganz ohne Streit und Gehässigkeiten. Sie hatten sogar kurz über Henning gesprochen, ohne dass Axel eine seiner sonst bei diesem Thema üblichen bissigen Bemerkungen gemacht hatte. Nein, es war rundherum ein schöner Tag gewesen. Was jedoch nicht bedeutete, dass der morgige Tag nicht bereits wieder völlig anders aussehen konnte.

11. Kapitel

Im Shorty erschien Christina im Esszimmer, wo Axel bereits seit einer Weile beim Frühstück saß. Er hatte sich längst abgewöhnt, auf sie zu warten. Es bestand seiner Meinung auch kein Grund, das zu tun. Schließlich wohnte Christina nur bei ihm. Er sah sich nicht als ihr Gastgeber mit sämtlichen Verpflichtungen, die damit verbunden waren. Und morgens hatte er Hunger und brauchte seinen Kaffee. Er hatte keine Lust, auf ein verwöhntes Mädchen zu warten, das zu Hause bestimmt das Frühstück ans Bett serviert bekam.

Axel sah von seiner Zeitung hoch und betrachtete Christina, die sich verschlafen die Augen rieb und sich dann an den Kopf fasste.

»Himmel, hab ich Kopfschmerzen«, klagte sie.

Axel musste sich zwingen, sie nicht mehr als unbedingt nötig anzustarren. Das Mädchen, das da im Türrahmen stand, bot einen dermaßen appetitlichen Anblick, dass er kaum seine Augen von ihr lassen konnte. Mit ihrem verstrubbelten Haar und den vom Schlaf noch rosigen Wangen sah sie wie ein kleines Mädchen aus. Es fehlte nur noch der Teddybär im Arm. Das waren die Gedanken, die ihm durch den Kopf schossen und die sein ansonsten ziemlich ausgeglichenes inneres Gleichgewicht reichlich durcheinander brachten.

Erst nach einigem Räuspern war Axel in der Lage zu antworten. »Kein Wunder, dass du einen Kater hast. Bei den Unmengen Alkohol, die du gestern in dich reingeschüttet hast.«

»Du hast recht, ich habe wirklich zu viel getrunken. Ich trinke sonst kaum etwas. – Wie ist es dazu gekommen? Ich weiß nicht mehr viel von gestern Abend.«

»Du wolltest unbedingt mit jedem Mann in der Kneipe Brüderschaft trinken.«

»Das habe ich getan? Oh Gott, wie peinlich.«

»Nein, keine Sorge. Das war es nicht. Die Jungens waren begeistert von dir. Endlich eine Wessi, die nicht hochmütig auf die armen Ossi-Brüder und Schwestern herabsieht. Und ich war ja dabei.«

»Du meinst also, ich kann mich dort wieder blicken lassen?«

»Natürlich. Jetzt erst recht.«

»Du bist ein richtiger Freund, Axel«, sagte Christina. Sie schenkte dem jungen Mann am Tisch ein Lächeln. Und da sie schon einmal dabei war, Nettigkeiten zu sagen, fügte sie nach einem kleinen Zögern hinzu: »Es ist schön, dass du da bist.«

Axel grinste nur. »Lass mal gut sein. - Zieh dich an und komm dann frühstücken. Wir müssen gleich los.«

Eine Stunde später waren sie mit Axels Wagen auf dem Weg zu Horst Gerlachs Box-Camp, das in einem Industriegebiet vor den Toren Schwerins lag. Dort würde sie Henning treffen. Das hatten sie vorgestern bei einem der üblichen, hastigen Telefonate mitten in der Nacht verabredet. Vor fast drei Wochen, beim Abschied am Rostocker Flughafen, hatte Christina den geliebten Mann das letzte Mal gesehen. Seitdem hatten sie immer nur miteinander telefoniert, immer nachts und immer viel zu kurz. Henning fragte stets nach ihrem Befinden und versprach jedes Mal, dass alles gut werden würde. So verlief jedes ihrer Telefonate. Christina genügte das schon lange nicht mehr. Aber Henning sah im Moment keine Möglichkeit, diesen Zustand zu ändern. Deshalb freute Christina sich sehr auf das Treffen mit ihm und konnte es kaum erwarten, ihn zu sehen. Sie wollte ihm endlich wieder einmal nah sein und ihn berühren können. Sie sehnte sich danach, in seinen Armen zu liegen und von ihm festgehalten und geküsst zu werden.

Henning ging es ganz offensichtlich ebenso, stellte Christina erleichtert fest. Er eilte sofort auf sie zu, als sie mit Axel die Sporthalle betrat. Hennings Gesicht strahlte vor Freude. Seine Augen sahen sie voller Besitzerstolz an. Das gefiel ihr, weil er ihr damit deutlich machte, dass er sie liebte. Leider verbot die Anwesenheit zahlreicher anderer Sportler auch nur die kleinste Vertraulichkeit zwischen ihnen. Die erhoffte innige Umarmung blieb aus. Ebenso ein zärtlicher Kuss. Es fiel Christina schwer, einzusehen, dass Henning Rücksichten zu nehmen hatte.

»Christina, schön, dass du gekommen bist. Ich freue mich so, dich zu sehen.« Hennings Stimme klang zärtlich. Nur kurz legte er beide Hände auf ihre Schultern und drückte sie sanft.

»Hallo, Henning.« Mehr brachte Christina nicht heraus. Trotz ihrer Enttäuschung strahlten ihre Augen ihn an.

Axel versuchte, sich bemerkbar zu machen, indem er seinem Freund kameradschaftlich in die Seite boxte. »Ich gehe mich umziehen«, verkündete er schließlich. Aber niemand beachtete ihn. Mit einem Achselzucken machte er sich mit seiner Sporttasche über der Schulter auf den Weg zum Umkleideraum.

Weder seine Worte noch sein Weggang wurden von dem verliebten Paar registriert. Henning und Christina standen da, sahen sich an und bedauerten beide, dass sie nicht noch mehr Aufsehen erregen durften, als sie es bereits taten.

»Du siehst zum Anbeißen aus«, sagte Henning bewundernd. »Ich muss mich zusammenreißen, dich nicht einfach in den Arm zu nehmen und zu küssen.«

»Das geht mir auch so«, gestand Christina. »Wann können wir uns endlich treffen, Henning? Alleine? Ohne andere Menschen?«

»Ich lasse mir etwas einfallen, mein Schatz, das verspreche ich dir. Nur im Moment ist es etwas schwierig. Ich war zu lange nicht zu Hause. Meine Frau, die Kinder ...«

»Ja, ich weiß«, fiel ihm Christina ins Wort. »Das kann ich ja verstehen. Ich bemühe mich, es zu verstehen. Aber was ist mit uns? Was ...«

Weiter kam Christina nicht. Eine aufgeregte, böse Stimme hinter ihrem Rücken fuhr Henning heftig an.

Horst Gerlach, Axels Trainer, stand mit hochrotem Gesicht da. »Schaff das Mädchen hier raus, Henning! Sofort! Und wage es nicht, sie noch einmal mit hierher zu bringen! Was fällt dir ein ...«

»Reg dich nicht auf, Horst«, versuchte Axel, der mit großen Schritten aus dem Umkleideraum geeilt kam, den Trainer zu beruhigen. Er stellte sich sofort neben Christina und legte seinen Arm um ihre Schultern. »Christina gehört zu mir. Sie ist mit mir gekommen.«

»Glaubt ihr, ich bin blöd?! Ihr müsst mir nichts vormachen. Ich weiß, was hier gespielt wird. Eine Schweinerei ist das!«, schimpfte der Trainer.

»Komm, reg dich nicht auf«, bat Axel beschwichtigend. »Lass die Kleine zusehen.«

»Ich bin hier der Hausherr. Ich habe hier das Sagen. Und ich sage: Sie geht! Damit hier endlich wieder gearbeitet wird!« Horst Gerlach deutete wütend auf die anderen Sportler, die, seit Christina in die Halle gekommen war, nichts anderes mehr taten, als untätig dazustehen und sie wie eine Erscheinung anzustarren.

»Du machst, dass du an die Geräte kommst!«, fuhr der Trainer Axel an. »Und du kümmerst dich um deinen Jungen! Dafür bezahlt er dich schließlich.« Das war an Henning gerichtet.

Der nahm die bösen Worte kommentarlos hin. Horst hatte ihm weder etwas zu sagen, noch hatte er das Recht, sein Handeln zu kommentieren oder zu beurteilen. Aber sie waren ein Team, eine gewachsene Gemeinschaft, die zusammenhielt und in der einer dem anderen vertraute. Das war die Basis für eine erfolgreiche Karriere der beiden Sportler, die er unter Vertrag hatte, und die von Horst und seinem Mitarbeiterstab durch ihre kompetente Arbeit hervorragend betreut wurden. Henning wollte seine gute Zusammenarbeit mit Horst nicht durch unbedachte Worte belasten. Er wollte die Situation nicht eskalieren lassen. Deshalb schwieg er.

Christina war bei den heftigen Worten des Trainers etwas blass um die Nase geworden. Sie sah von Henning, der schweigend dastand, auf Axel, der ein finsteres Gesicht machte und im Begriff war, auf die harschen Worte des Trainers im gleichen Ton zu antworten.

»Nein, sag nichts«, bat Christina ihn. »Ich möchte gar nicht mehr zusehen. Ich fahre nach Hause. Kann ich dein Auto haben?«

»Ja, natürlich.«

»Wann soll ich dich abholen?«

»Ich lasse mich von Henning nach Hause bringen.«

»Dann sehen wir uns nachher?« Mit hoffnungsvollem Herzklopfen sah Christina in Hennings blaue Augen. Die schauten sie jedoch bedauernd an.

»Nein, leider nicht. Es tut mir leid, mein Liebling, aber ich muss mich nachher noch um einen weiteren meiner Schützlinge kümmern, den ich vom Bahnhof abholen muss. - Sei nicht traurig«, fügte er hinzu und drückte verstohlen ihre Hand.

»Nein«, sagte Christina nur.

Natürlich war sie traurig. Beide Männer sahen das.

Und Axel machte nicht einmal eine seiner üblichen bissigen Bemerkungen. Er legte nur kurz die Hand auf ihre Schulter. »Findest du den Weg nach Hause?«

»Ja, ich denke schon.«

»Fahr vorsichtig.«

»Du musst keine Angst um dein Auto haben.«

»Hab ich auch nicht.«

Auf dem ganzen Heimweg bemühte sich Christina krampfhaft, nicht an die vergangene halbe Stunde zu denken, sondern sich voll auf den Straßenverkehr zu konzentrieren. Das gelang ihr kaum. Sie fühlte sich wie abgestorben, innerlich völlig leer, und sie atmete auf, als sie schließlich Axels Haus erreichte. Sie parkte den Wagen, betrat das Gebäude und stieg die Stufen zur obersten Etage hinauf. Sie schloss die Wohnungstür auf und ging sofort weiter ins Gästezimmer, das ihr mittlerweile so vertraut geworden war, dass sie sich heute darin wohlfühlte und nicht mehr einsam und von allen verlassen, wie bei ihrem Einzug. Einsam fühlte sie sich jedoch gerade jetzt. Schuld daran war Hennings Verhalten. Als Axel davongegangen war, um aus dem Umkleideraum seinen Autoschlüssel zu holen, hatte Henning nur schweigend neben ihr gestanden und kein Wort gesagt. Christina wusste nicht, wie sie sein Verhalten deuten sollte. Wie schon einige Male zuvor tauchte auch jetzt der unangenehme Gedanke in ihr auf, dass seine Gefühle für sie nicht so tief waren, wie sie es sich vorstellte und wie sie es sich wünschte. Vielleicht sollte sie sich wirklich einmal die Zeit nehmen, in aller Ruhe über ihre Beziehung nachzudenken. Bisher hatte sie auftauchende Zweifel sofort konsequent im Keim erstickt. Sie wollte nicht nachdenken. Sie hatte Angst davor, eine Antwort zu bekommen, die sie nicht hören wollte. Wieviel schöner war es doch, die Augen fest zu verschließen und von einem baldigen Happy End zu träumen. Irgendwann musste Henning doch einmal die Zeit finden, mit seiner Frau über die Scheidung zu sprechen. Erst wenn das getan war, konnte er sich öffentlich zu ihr bekennen und sie musste nie wieder an seiner Liebe zweifeln. Aber nach wie vor schob Henning zu viel Arbeit sowie Rücksichtnahme auf Frau, Kinder und Familie vor und bat mit vielen liebevollen Worten um Geduld. Geduld war jedoch etwas, das Christina nicht im Übermaß besaß.

12. Kapitel

Als Christina ins Wohnzimmer kam, wo Axel bereits mit wachsender Ungeduld auf sie wartete, verschlug es diesem bei ihrem Anblick glatt die Sprache. Er verschluckte sich beinahe an seinem Drink. Sie trug ein Kleid ... Nein, das war kein Kleid, sondern eher ein Schlauch, der über dem Busen anfing und gerade mal den Po bedeckte und dabei lange, wohlgeformte Beine zeigte. Die schwarzen Pailletten glitzerten bei jeder Bewegung und machten das Kleid nicht nur durch die Lichtreflexe zu einem echten Hingucker.

Axel sah das jedoch anders. »Wie hält dieses Ding?«, fragte er wütend.

»Durch die Elastikfäden, die darin eingewebt sind«, antwortete Christina und sah ihn verwundert an. Was sollte dieser Ton, in dem Axel mit ihr sprach? Was passte ihm jetzt schon wieder nicht? Und warum machte er ein solch böses Gesicht?

»In diesem Aufzug nehme ich dich nicht mit!«, verkündete Axel mit verkniffenem Mund.

»Dieses Kleid hat ein Vermögen gekostet«, erklärte ihm Christina, empört darüber, dass er eines ihrer Lieblingskleider ‚Aufzug‘ nannte.

»Dieser halbe Meter Stoff?! Warum hast du überhaupt etwas angezogen?«

»Ich hätte mir ja denken können, dass du spießig bist!«, entgegnete Christina ärgerlich. »Und das Kleid ziehe ich nicht aus. Entweder du nimmst mich so mit oder ich bleibe zu Hause!«

Dieser Wortwechsel war für eine Weile das Ende ihrer Konversation. Natürlich behielt Christina das Kleid an, natürlich nahm Axel sie mit. Aber er kochte vor Wut und sagte auf der Fahrt in die Innenstadt kein einziges Wort. Er brauchte nicht viel Phantasie, um sich vorzustellen, wie Henning auf Christinas Anblick reagieren würde. Es würde ihn verrückt machen! Und Mona würde neben ihr wieder einmal völlig blass aussehen. Er unterstellte Christina, dass sie genau das beabsichtigte mit diesem Kleidchen, das an ihr so ungemein sexy aussah. Und nicht nur das. Die ganze Frau sah so verdammt sexy aus, dass er sich nur mit Gewalt davon abhalten konnte, sie anzustarren. Himmel noch mal, es musste ihm endlich etwas einfallen, wie er Henning und sie auseinander bringen konnte! Und das schnellstens!

Es herrschte Stille zwischen ihnen, ein trotziges Schweigen auf Christinas, ein wütendes auf Axels Seite, als sie in einem Parkhaus in der Innenstadt den Wagen abstellten, um anschließend zu Fuß quer durch die Altstadt hinüber zur Kleinkunstbühne zu gehen. Der Weg durch die Altstadt war an sich ein schöner Spaziergang, der sich durch verträumte enge Gassen schlängelte und an eindrucksvollen Bauwerken aus verschiedenen Stilepochen entlangführte, und den nicht nur Einheimische, sondern auch Touristen gerne unternahmen. Es hätte also viel gemeinsam zu entdecken gegeben, aber Axel schwieg beharrlich. Und Christina sah keinen Grund, sein Schweigen zu durchbrechen.

Erst während der Vorstellung beruhigte sich Axel wieder. Er hatte zwei Eintrittskarten geschenkt bekommen, und er war sich mit Christina einig gewesen, dass sie weder auf das Kabarett noch auf die Party bei Hennings Vater verzichten würden. Das Aufsehen, das er bereits am Eingang der Kleinkunstbühne erregte, heute natürlich noch mehr als sonst wegen der schönen Frau an seiner Seite, gefiel ihm überhaupt nicht. Außerdem ließ ihm die

Sorge um die Ehe seiner besten Freunde seit Wochen keine Ruhe. Es war ein bisschen viel, was ihm im Moment im Kopf herumging, ihm manchmal den Schlaf raubte und die Laune verdarb. Die Darsteller des Kabaretts waren jedoch erstklassig und politisch so unkorrekt, dass Axel sich bald entspannte. Christinas herzhaftes Lachen neben ihm trug dazu bei, dass er anfing, den Abend zu genießen.

Axels Unbehagen kam erst auf der Fahrt zum Haus der Westermanns wieder. Robert und Marie Westermann, Hennings Eltern, hatten zum alljährlichen Sommerfest der Sportmanagementagentur eingeladen. Viele der von Vater und Sohn betreuten Sportler würden mit Ehefrau oder Freundin dort sein, mancher würde auch seinen Trainer mitbringen. Auch Henning und Mona würden da sein. Deshalb hatte Christina ja dieses Kleidchen angezogen. Wut über ihr schäbiges und so leicht zu durchschauendes Verhalten kam in Axel hoch, die er aber sofort unterdrückte. Es war wichtig, einen klaren Kopf zu behalten, um die Gelegenheit, einen Keil zwischen Henning und Christina zu treiben, bloß nicht zu verpassen.

Es war bereits nach elf Uhr, als Axel und Christina vor der Villa, die auf einem großen Grundstück in Traumlage am Schweriner See stand, vorfuhren. Hinter der hohen Mauer, die das Grundstück umgab, erklang Musik bis auf die Straße. Die Party war in vollem Gange.

»Hallo, ihr beiden. Schön, dass ihr da seid«, wurden die Neuankömmlinge von Robert Westermann begrüßt.

»Herzlich Willkommen, Christina. Wir freuen uns sehr, dich kennenzulernen«, sagte seine Frau Marie. »Ich habe gerade zu Robert gesagt, was für ein schönes Paar ihr doch seid«, gestand sie mit einem Lächeln. »Du bist so riesig groß und kräftig, Axel, und Christina neben dir klein und zierlich. Das sieht sehr hübsch aus.«

»Danke. Ich freue mich immer, wenn das bemerkt wird«, grinste Axel. Er nahm zwei Longdrinkgläser vom

Tablett einer in der Nähe stehenden Angestellten und reichte Christina eines davon.

»Hennings Eltern sind sehr nett«, bemerkte Christina, als sie durch das Haus hindurch in den Garten gingen.

»Sie nehmen an, dass du meine Freundin bist, wie fast alle anderen hier auch. Zu Horsts alljährlicher Party wirst du keine Einladung bekommen.«

»Um nichts in der Welt würde ich da hingehen. Er sieht mich immer an, als wolle er mich umbringen.«

»Das würde er auch tun, wenn es nicht strafbar wäre. Er mag Mona. Er ist Pate ihrer ältesten Tochter.«

In dem großen, durch viele bunte Lampions in den Bäumen beleuchteten Garten tummelten sich die zahlreichen Gäste. Auf der Veranda war das kalte Buffet hergerichtet worden, das zu dieser späten Stunde jedoch nur noch ein kümmerliches Bild bot. Eine Band spielte Musik, zu der etliche Paare tanzten, man lachte, redete und prostete sich zu. Zu der guten Stimmung trug der laue Sommerabend ebenso bei, wie die vielen Rosen, die in voller Blüte standen und einen verschwenderischen Duft verströmten. Für die Romantiker unter den Gästen sorgte der Mondschein über dem See, dessen goldenes Licht sich auf der Wasseroberfläche spiegelte.

Christinas Herzklopfen nahm zu bei dem Gedanken, dass Henning hier war, irgendwo in der Menschenmenge verborgen, zusammen mit seiner Frau. Sie fühlte ihr Herz pochen. Sie war allein wegen Henning hierhergekommen. Sie wollte beim Tanzen in seinen Armen liegen. Sie wollte ihn berühren, mit ihm lachen, mit ihm sprechen. Sie konnte es kaum erwarten, ihn zu sehen. Sie wollte ihn so gerne sehen. ... *Ihn* wollte sie sehen! Aber doch nicht seine Frau!

»Komm, Tina, trink dein Glas aus und lass uns tanzen«, schlug Axel vor und riss Christina aus ihren Gedanken. »Dabei kannst du deine Blicke schweifen lassen, bis du das Objekt deiner Begierde entdeckt hast.«

»Fängst du schon wieder an?«, fragte Christina verärgert.

»Das war nur ein freundschaftlicher Vorschlag«, behauptete Axel.

Trotz seines ungehörigen Benehmens genoss Christina das Tanzen mit ihm. Er tanzte gut und seine Hände um ihre Taille oder auf ihrem nackten Rücken waren durchaus nicht unangenehm. Außerdem roch er gut. Nicht nur sein Rasierwasser, sondern sein Körper, sein Atem, irgendwie der ganze Axel. Diese seltsamen Gedanken, über die sich Christina sehr wunderte, verschwanden in Sekundenschnelle, als sie schließlich Henning entdeckte. Er stand mit seiner Frau in der Nähe der Tanzfläche, beide winkten ihnen lächelnd zu.

»Bist du bereit, zu ihnen zu gehen?«, fragte Axel mit einem kritischen Blick in Christinas Gesicht. »Nein, ich sehe, das bist du nicht. Du bist plötzlich so blass. Soll ich mal kräftig in deine Wangen kneifen? Ich glaube, die Damen früher taten das, wenn sie kein Rouge hatten.«

»Das würdest du gerne tun, nicht wahr?«

»Oh, ja. Wenn ich dich damit zur Vernunft bringen könnte, würde ich sogar ordentlich zudrücken.«

»Das glaube ich dir.«

»Mach ein freundlicheres Gesicht. Die beiden sind gleich bei uns.«

Christina drehte sich um und lächelte strahlend Henning und seine Frau an.

>Was sind Frauen doch für Schauspielerinnen<, dachte Axel amüsiert.

Mona nahm nicht nur die Hand, die Christina ihr entgegenstreckte, sondern ergriff spontan auch die andere und drückte beide herzlich. »Christina. Wie schön, dass wir uns endlich wiedersehen. Was für ein tolles Kleid du anhast!«

»Axel wollte mich nicht mitnehmen, wenn ich es anlasse«, sagte Christina mit einem Seitenblick auf ihn.

»Ich war der Meinung, da brauche sie gar nichts anzuziehen. Angeblich hat es ein Vermögen gekostet.«

»Das hat es. Das kannst du mir glauben.«

»Das fällt mir schwer.«

»Dafür kann ich nichts.«

»Ach Axel, du hast doch keine Ahnung«, unterbrach Mona ihre Kabbelei. »Das Kleid ist wunderschön. Du hast aber auch die Figur danach. Ich könnte so etwas nicht tragen.«

»Immerhin hast du zwei Kinder. Und dafür ist deine Figur echt toll«, sagte Axel, wobei er Mona bewundernd ansah.

»Bitte, Axel, sei nicht stur und vertragt euch wieder«, bat Mona, während Christina Henning begrüßte, indem sie ihm sehr förmlich die Hand reichte. »Gebt euch einen Kuss und dann ist wieder alles gut.«

»Das ist doch mal eine gute Idee.« Axel grinste Christina an. Unverschämt, fand sie. Schon fühlte sie seine Arme um sich. Er zog sie an seinen Körper, sehr dicht, und hielt sie dort fest.

»Wage es nicht!«, zischte sie leise. Dann war auch schon sein Mund auf ihrem. Allerdings gab er ihr nur ein flüchtiges Küsschen, das sie kaum bemerkte. Er ließ sie sofort wieder los.

»Mona, meine Schöne, ich möchte mit dir tanzen. Hast du Lust?«, wandte er sich ohne einen weiteren Blick auf Christina an Hennings Frau.

»Willst du nicht lieber …«

»Nein, will ich nicht«, erklärte Axel. »Komm, lass uns tanzen.«

»Gerne«, stimmte Mona schließlich zu.

»Komm, Christina«, bat Henning ohne zu zögern. »Tanzen wir auch.«

Gemeinsam gingen die beiden Paare zur Tanzfläche. Leider konnte Christina das Tanzen mit dem geliebten Mann nicht genießen. Endlich war sie Henning nah, sie lag in seinen Armen, fühlte seinen Körper an ihrem und roch sein aufregendes Rasierwasser. Genau davon hatte sie doch vor einigen Minuten noch geträumt. Aber es war eine Qual. Mona und Axel tanzten in ihrer Nähe. Axel ließ sie nicht aus den Augen. Jedes Mal, wenn Hennings Frau zu ihr herübersah, lächelte ihr diese zu. Es war nicht zum Aushalten.

»Bitte, lass uns aufhören«, bat sie Henning nach kurzer Zeit. »Ich kann nicht mehr.«

»Mein armer Schatz«, sagte Henning bedauernd. Er drückte sie dabei ganz kurz an sich. »Ich glaube, es war eine blöde Idee von mir, dass wir uns hier treffen.«

»Ich hätte nicht herkommen sollen. Aber ich wollte dich so gerne sehen. Aber dich mit deiner Frau zu sehen, tut weh.«

»Ich weiß. Es tut mir leid, meine Kleine. Es wird alles gut werden, glaube mir. Ich liebe dich, Christina. Das darfst du nie vergessen.«

»Ich liebe dich auch.«

An der Bar am Rande des Swimmingpools ließ Henning sich zwei Drinks geben. Mit den Gläsern in der Hand gingen sie über den Rasen in Richtung See, fort von den Menschen, fort von Axel und Mona.

»Verträgst du dich mit Axel? Ist er nett zu dir?«, fragte Henning als sie ein Stück weit fort waren von der Party.

»Am Anfang haben wir uns nur gestritten«, gab Christina mit einem kleinen Lachen zu. »Aber jetzt ist er sehr nett. Und immer sehr besorgt. Ich darf zum Beispiel alleine bis zum Schloss und in den Schlossgarten gehen, aber keinen Schritt weiter. Nicht in die Stadt, und schon gar nicht in den Park. Wenn ich irgendwo hin möchte, muss ich warten, bis er nach Hause kommt. Diese Bevormundung gefällt mir überhaupt nicht. Und ich halte mich auch nicht immer daran.«

»Axel hat recht. Es gibt hier einige Stadtteile, in denen solltest du nicht allein herumlaufen. Ich bin froh, dass er daran gedacht hat. Bitte, tu was er sagt. Dann muss ich mir keine Sorgen machen.«

»Mit Axel passiert mir nichts. Die Männer in der Kneipe, in der wir hin und wieder sind, trauen sich nur mich anzusprechen, wenn er dabei ist. Aber sehr viele sind das nicht. Und wenn er zum Händewaschen geht, bittet er den Wirt, auf mich aufzupassen. Das tut der und keiner traut sich an mich heran. Das ist schon etwas störend.«

»Ihr geht in die Kneipe?!« Eifersucht packte Henning, unerwartet, heftig und nicht zu überhören. »Was macht ihr sonst noch gemeinsam?«

»Wir gehen spazieren, ins Kino ...«

»Und was noch?«

»Hör auf damit, Henning«, bat Christina, etwas gereizt durch seinen Ton. »Frage ich dich, was ihr macht, du und deine Frau? - Du hast nicht im Ernst erwartet, dass ich brav in meinem Zimmer sitze und warte, dass du endlich kommst, oder?«

»Nein, natürlich nicht«, behauptete Henning etwas kleinlaut. »Entschuldige, Christina, das war dumm von mir. Ich glaube, das war gerade ein Anfall von Eifersucht. Ich habe plötzlich Angst bekommen, dass du und Axel ... Dass ihr ...«

»Du musst nicht eifersüchtig sein, Henning. Axel hat nichts anderes im Sinn, als uns auseinanderzubringen. Ich glaube, deshalb hat er vorhin auch solch ein Theater gemacht wegen meines Kleides.«

»Er hat sich in dich verliebt, deshalb will er uns auseinanderbringen!«

Christina lachte amüsiert auf. »Nein, das nun wirklich nicht. Axel geht es einzig und allein um deine Frau. Er wird alles daran setzen, dass du dich nicht scheiden lässt. Das sagt er mir ganz offen, er macht kein Geheimnis daraus.«

»Er wird dich in sich verliebt machen! Und damit hat er sein Ziel erreicht!«

»Dazu gehören zwei, Henning. Ich mag ihn mittlerweile. - Wie einen großen Bruder, also reg dich nicht auf«, fügte Christina nach einem Blick in Hennings finsteres Gesicht hinzu. »Ich bin sehr froh darüber, denn unsere ewigen Streitereien anfangs waren schon schlimm. Aber das gehört nicht zu seinem Plan. Das hätte ich gemerkt.«

»Vielleicht macht er das so geschickt ...«

»Henning, ich bin kein dummes kleines Mädchen!«

»Entschuldige, so habe ich das nicht gemeint. Aber es bringt mich um, wenn ich sehe, dass er deine Hand hält, dich küsst ... «

»Axel hat mir erzählt, es wäre euer gemeinsamer Plan gewesen. Deiner und seiner. Alle sollen denken, ich sei seine Freundin.«

»Ja, das stimmt. Aber ich muss sagen, so habe ich mir das nicht vorgestellt.«

»Ich mir auch nicht.« Das brach einfach aus ihr heraus. Es tat ihr sofort leid, als sie Hennings bestürztes Gesicht sah. »Axel wird uns nicht auseinanderbringen. Was er auch tut, denke immer daran, dass ich dich liebe.«

»Ich liebe dich auch, Christina. Mehr als ich sagen kann.«

Auch jetzt hatten sie keine Gelegenheit, viel miteinander zu reden. Bislang hatte es keine Möglichkeit gegeben, einmal länger als fünf Minuten am Telefon zu sprechen. Diese Zeit war einfach zu kurz und zu gehetzt. Henning rief immer nach Mitternacht an und immer spürte Christina seine Unruhe und Nervosität, seine Sorge, seine Frau könne aufwachen und ihn beim Telefonieren überraschen. Es war nicht leicht, Hennings Verhalten zu verstehen, wenn er nie da war, um sie in den Arm zu nehmen und ihr zu sagen, es würde alles gut.

»He, ihr beiden! Keine Lust mehr zu tanzen?«, rief Axel ihnen schon von weitem entgegen. Er hatte den Arm um Monas Schultern gelegt; mit einer leichten Verbeugung lieferte er sie bei Henning ab und gesellte sich wieder zu

Christina. Er legte eine Hand um ihre Taille und drehte sie zu sich herum.

»Wollen wir noch einmal tanzen, Kindchen?« Seine Augen lachten sie spöttisch an.

Christina hätte schreien können vor Wut. Darüber, dass er so schnell vom Tanzen zurückgekommen war, dass sie kaum mit Henning hatte sprechen können. Und über das ‚Kindchen‘. Er wusste, dass sie es hasste, wenn er sie so nannte.

»Ich habe Kopfschmerzen. Ich möchte nach Hause«, teilte sie ihm mit, während sie bemüht war, mit ihm Schritt zu halten. Axel hatte Christinas Hand ergriffen und obwohl sie heftig daran zog, ließ er nicht los. Er bemerkte zwar, dass ihr in den hochhackigen Sandaletten das Laufen auf dem Rasen schwer fiel und sie kaum mit ihm Schritt halten konnte, trotzdem drosselte er sein Tempo kaum.

»Die Kopfschmerzen vergehen beim Tanzen«, behauptete er uncharmant. »Und nach Hause gehen wir noch lange nicht.«

Bei den flotten Rhythmen der Drei-Mann-Band, die schon den ganzen Abend für Partystimmung sorgte, kehrte Christinas gute Laune schnell wieder zurück. Sie war froh über die vielen tanzenden Paare, die ihr den Blick auf Henning und seine Frau versperrten. Die beiden waren nicht mehr zu sehen.

»Was hältst du von einem Schluck zu trinken«, fragte Axel irgendwann. »Ich brauche unbedingt mal eine Pause.«

Christina war so durstig, dass sie ihren Champagner in wenigen Schlucken hinunterstürzte und sich sofort ein weiteres Glas geben ließ.

»Trink den Schampus nicht so, als wäre es Mineralwasser«, warnte Axel.

»Hör auf, mich zu maßregeln! Ich bin kein kleines Kind, das erzogen werden muss.«

»Bist du sicher?«

Christina warf Axel einen bösen Blick zu, den er mit einem spöttischen Lächeln erwiderte. Aber sie musste unwillig zugeben, dass er recht hatte. Sie merkte plötzlich, wie der Alkohol ihr in den Kopf stieg. Und er machte sie unvorsichtig und übermütig. Sie wusste ja aus Erfahrung, wie Axel reagierte, wenn sie mit ihm über Henning sprechen wollte. Aber sie hatte einen kleinen Schwips, deshalb war sie nicht auf der Hut.

»Henning mag mein Kleid«, sagte sie glücklich. »Hast du gesehen, wie er mich den ganzen Abend angesehen hat?«

»Hab ich. Es nützt dir aber nichts. Er wird heute Nacht mit Mona schlafen, nicht mit dir.«

Entgeistert sah Christina hoch in Axels Gesicht. Sie war so geschockt von seinen Worten, dass es ihr die Sprache verschlug. »Das ... Das wird er nicht«, sagte sie dann mit zitternder Stimme.

»Natürlich wird er das.«

»Nein!«

»Mensch, Tina, sei doch nicht naiv. Natürlich schläft er mit seiner Frau. Welche Ausrede soll er gebrauchen, es nicht zu tun? Ich habe Migräne? Das kommt nicht so gut bei einem Mann, glaube mir.«

Christina hatte nie darüber nachgedacht, was sich in Hennings Eheleben abspielte. Sie träumte sich seit Wochen zusammen mit dem Mann, den sie liebte, in ein Wolkenkuckucksheim, in dem alles rosarot und genauso war, wie es ihren Wünschen und Vorstellungen entsprach. Axels Worte rissen sie mit einem Schlag in die Realität. Aber diese Wirklichkeit wollte Christina nicht, denn sie tat so schrecklich weh.

»Das tut er nicht!«, schrie sie Axel an. Und noch einmal: »Das tut er nicht!!!« Aus Wut und Verzweiflung schlug sie mit beiden Fäusten gegen seine Brust. Ihre Stimme war so laut, dass sie die Musik übertönte.

Alle Partygäste sahen zu ihnen herüber. Axel wusste sich nicht anders zu helfen. Er presste Christina an sich, drückte ihr Gesicht an sein Jackett und hielt sie fest. Sie zitterte am ganzen Körper. Das zu merken, tat ihm leid.

Es gelang Axel, Christina nach draußen zu seinem Auto zu bringen, ohne den Gastgebern oder Henning und seiner Frau zu begegnen. Er schloss die Beifahrertür auf, ließ Christina einsteigen, startete den Motor und fuhr sofort los.

Während der Fahrt zurück in die Stadt saß Christina zusammengekauert auf dem Beifahrersitz, den Kopf an das Fenster der Tür gelehnt, so weit fort von Axel, wie es nur ging.

Im Licht der Straßenlaternen sah er, dass sie die Augen geschlossen hatte, aber sie weinte nicht. Mitleid kam in ihm hoch, das er nicht wollte.

»Es tut mir leid«, sagte er trotzdem.

Christina öffnete die Augen, wandte ihm ihr Gesicht zu und sah ihn an. »Das glaube ich dir nicht«, sagte sie böse.

»Gut, du hast recht. Es tut mir nicht leid. Aber ich hätte es dir nicht dort sagen müssen.«

»Du hättest es mir überhaupt nicht sagen müssen! Was mischst du dich immer ein in Dinge, die dich nichts angehen?«

»Henning und Mona sind meine Freunde, deshalb geht mich das sehr wohl etwas an. Ich kenne Henning seit vielen Jahren. Ich kenne ihn länger als du, und ich kenne ihn besser als du. Er wird sich nie scheiden lassen, da bin ich mir absolut sicher.«

»Er wird sich scheiden lassen! Er liebt mich nämlich, begreif' das endlich!«

»Du kennst ihn seit vier Wochen. Er hätte längst mit seiner Frau sprechen können. Wenn er gewollt hätte.«

»Henning liebt mich! Er wird sich scheiden lassen!«

»Er wird dich zu seiner Geliebten machen, mehr wird nicht passieren.«

»Henning ist nicht so.«

»Alle Männer sind so, Kindchen.«

»Hör auf, mich Kindchen zu nennen! Hör auf, so zu reden! Du lügst! Du lügst! Du willst uns auseinanderbringen!«

»Natürlich will ich das.«

»Das wird dir nicht gelingen!«

»Glaube mir, da muss ich gar nicht viel tun. Ich werde einfach dasitzen und abwarten, bis Henning dir sagt, er lässt sich nicht scheiden. Oder, bis das Unwahrscheinliche passiert, dass du genug von ihm hast und gehst.«

»Da kannst du lange warten!«

»Nein, ich glaube nicht.«

»Ich hasse dich! Du bist einfach widerlich! Ich hasse deine überhebliche Art, deine Besserwisserei, deine Einmischerei ...«

»Schade. Ich dachte, wir wären Freunde.«

»Ach, halt doch deinen Mund! «

Axel warf Christina einen kurzen amüsierten Seitenblick zu. Mit zusammengepressten Lippen saß sie da und blickte aus dem Fenster der Beifahrertür. Sie hatte anscheinend nichts weiter zu sagen. Auch er sagte nichts mehr. Was er sagen wollte, hatte er gesagt. Der Abend war ein Erfolg gewesen. Die Saat des Misstrauens war gesät. Es bedurfte nur noch einiger weniger Schritte, die er geplant hatte und die ihn seinem Ziel noch näher bringen würden. Dann konnte er sich zurücklehnen und die weiteren Geschehnisse gelassen abwarten. Sein Triumph lag zum Greifen nahe vor ihm. Axel lächelte zufrieden vor sich hin.

13. Kapitel

Christina hatte drei prallgefüllte Koffer mit wunderschönen Sommerkleidern, Kostümen und Hosenanzügen aus München mitgebracht, um sich für Henning schön zu machen. Leider sah sie ihn jedoch so selten, dass er kaum in den Genuss kam, sie in ihren hübschen Outfits zu sehen. Sie machte sich stattdessen bei ihren Streifzügen durch die Stadt, die sie mittlerweile trotz Axels Ermahnung unternahm, für die Bürger Schwerins fein, und für ihn natürlich, wenn sie ausgingen. Aber sich für Axel oder fremde Menschen hübsch zurechtzumachen, war eigentlich nicht ihr Wunsch und führte sie auch nicht zum ersehnten Ziel. Nur, wie sollte sie dieses Ziel erreichen, wenn sie Henning kaum sah? Wenn sie einmal von ihrer rosaroten Wolke in die Realität hinabstieg, erkannte Christina unangenehm deutlich, dass nicht sie, sondern allein Henning es in der Hand hatte, den jetzigen unbefriedigenden Zustand zu ändern. Bisher hatte er jedoch keinen allzu großen Eifer gezeigt, eine Änderung herbeizuführen. Und Christina hatte keine für sie akzeptable Idee, wie sie ihn dazu bringen konnte, endlich aktiv zu werden. Ihr Stolz würde es niemals zulassen, ihn unter Druck zu setzen und ihn zu zwingen, endlich für klare Verhältnisse zu sorgen.

Es war sehr heiß in Mecklenburg in diesem Juli, auch in der Landeshauptstadt klagten die Menschen über die Temperaturen. Wenn Axel zu Hause war, lief er barfuß und mit Shorts und T-Shirt bekleidet durch die Wohnung. Christina sah sich das einige Tage neidisch an. Sie war gewiss nicht ängstlich und schüchtern schon gar nicht. Aber Axel verstand es ausgezeichnet, ihr Selbstbewusstsein immer wieder ins Schwanken zu bringen. Aus Angst vor einer seiner bissigen Bemerkungen traute sie sich nicht, ihn um eines seiner Shirts zu bitten, damit auch sie sich zu Hause der Hitze entsprechend kleiden konnte. Aus irgendeinem Grund, der ihr selber nicht ganz klar war, wollte sie nicht in einem der zahlreichen Kaufhäuser rund um den Marienplatz eine Handvoll legerer Kleidung einkaufen, sondern sie wünschte sich insgeheim eines von Axels T-Shirts. Sie hatte jedoch nicht den Mut, ihn einfach darum zu bitten. Sie war deshalb sehr froh, wenn auch ziemlich überrascht, als er ihr nach Tagen fast unerträglicher Hitze das erhoffte Angebot machte.

»Wenn es dir nicht zu unangenehm ist, kannst du dir einige meiner Shirts nehmen«, sagte er unerwartet über den Rand der Autozeitschrift hinweg, in der er, lang ausgestreckt in seinem Lieblingssessel liegend, gerade las. »Es sei denn, du willst hier weiterhin in deinen feinen Klamotten rumlaufen, die eher in ein Sternerestaurant passen als in meine Wohnung.«

»Nein, das will ich nicht«, gestand Christina, ziemlich überrumpelt von seiner Großherzigkeit. »Warum sollte es mir unangenehm sein, deine Shirts zu tragen?«, fügte sie hinzu.

»Weiß ich, was in deinem Kopf vorgeht?«

Christina warf ihm einen verwunderten Blick zu. Was meinte er nun wieder damit? Aber sie ging nicht auf seine Bemerkung ein, das würde nur wieder neuen Streit geben. Nach seinem unfairen Verhalten auf der Party bei Hennings Eltern hatte Christina Axel einen Tag lang schmollend mit Nichtachtung gestraft. Er hatte sie bis zum Abend gewähren lassen, dann war es ihm gelungen, sie zu einem Kneipenbummel zu überreden. Seitdem herrschte wieder Friede zwischen ihnen.

Diesen Zustand wollte Christina nicht durch eine falsche Bemerkung zerstören. »Ich würde gerne deine Shirts haben«, sagte sie daher nur.

Eines dieser Shirts, die ihr viel zu groß waren und in denen sie Axel weitaus besser gefiel als in ihren Designer-Klamotten, was er ihr natürlich nicht sagte, trug Christina, als es an der Tür klingelte. Überrascht sah sie Axel an, der an der Arbeitsfläche in der Küche stand und Zwiebeln schnitt. Christina, die nicht kochen konnte, war sein Handlanger. Ihre Aufgabe war es, in seiner Nähe zu sein, um seine Befehle auszuführen, was sie mit Freude tat.

»Erwartest du jemanden?«, fragte Christina unbehaglich. Immer wenn die Türglocke ertönte, bekam sie leichtes Herzklopfen aus Angst, Freunde von Axel würden kommen, die sie natürlich für seine Freundin halten und entsprechende Fragen stellen würden. Darauf hatte sie überhaupt keine Lust. Axel dagegen schon. Sie wusste, dass er viel Freude an diesem Versteckspiel, vor allem aber an ihrem Unbehagen hatte. Er machte kein Geheimnis aus seinem Vergnügen.

»Nein, ich erwarte niemanden. Mal sehen, wer das ist.« Axel legte das Messer beiseite und wusch sich kurz die Hände. »Mach du weiter«, bat er und deutete auf die Zwiebeln. »Aber Vorsicht, das Messer ist scharf. Ich will keine Fleischeinlage zwischen den Zwiebeln.«

Mit dieser freundlichen Warnung verließ er die Küche, ohne Christina die Gelegenheit zu geben, auf seine Frechheit zu reagieren. Mit Herzklopfen stand sie still da und lauschte auf seine Schritte im Flur, die in Richtung Tür eilten, dann vernahm sie die typischen Geräusche, als er den Hörer der Schließanlage abnahm.

Nur Sekunden später war Axel zurück in der Küche. »Es sind Mona und Henning«, teilte er Christina mit. Ein zufriedenes Lächeln spielte um seine Mundwinkel.

Auf Christinas Gesicht zeichnete sich sofort pures Entsetzen ab. Sie ließ das Messer, das sie immer noch in der

Hand hielt, auf den Tisch fallen und machte Anstalten, aus dem Zimmer laufen. Aber sie kam nicht an Axel vorbei, der im Türrahmen stand und nicht einen Schritt zur Seite wich.

»Lass mich vorbei!« Christina versuchte, sich mit aller ihr zur Verfügung stehenden Kraft an ihm vorbei zu drängeln.

Axel machte dem Gerangel schnell ein Ende. Er packte mit einem raschen Griff ihr Handgelenk. Weil sie sich sofort gegen ihn wehrte, musste er fester zufassen als beabsichtigt.

»Lass mich los!«, fauchte Christina ihn böse an.

»Du bleibst hier «

»Henning soll mich nicht so sehen!«

»Oh doch.«

»Lass mich los! Du tust mir weh!«

»Dann hör auf, dich zu wehren. Ich lasse nicht los.«

»Lass mich los, du verdammter Mistkerl!«

»Na, na! Spricht so ein wohlerzogenes Bankierstöchterchen?«

Je heftiger Christina sich wehrte, desto fester packte Axel zu. Es schien ihn nicht zu kümmern, dass er ihr wehtat. Mit Gewalt zog er die sich heftig sträubende Christina hinter sich her aus der Küche durch die Diele zur Eingangstür.

»Hallo, ihr beiden«, grüßte Mona, als sie die Wohnung betrat. Sie bemerkte sofort, dass sowohl Axel als auch Christina ziemlich atemlos waren, und sie bedauerte im Stillen, dass Henning und sie ungelegen kamen. Sie freute sich über die rosig angehauchten Gesichter der beiden. Sie machte sich oft Gedanken über die Beziehung der jungen Leute. Sie hätte ihre Überlegungen gerne mit Henning besprochen. Aber der hatte ihr ein wenig unwirsch erklärt, dieses Thema interessiere ihn nicht, er habe wichtigere Dinge im Kopf. Damit hatte er gewiss recht, aber Axel war schließlich sein Freund, dessen Wohl ihm doch am Herzen liegen sollte. Fiel ihm nicht auch auf, dass Axel und Christina sich stritten, wann immer man sie zusammen sah? Heute jedoch wirkten die beiden endlich einmal wie ein verliebtes Paar. Schade nur, dass Henning und sie zum falschen Zeitpunkt gekommen waren. Denn vor allem Christinas verlegenes Lächeln sprach Bände.

Zufrieden bei dem Gedanken, dass zwischen den beiden alles bestens lief, nahm Mona zuerst Christina, dann Axel zur Begrüßung in den Arm. »Entschuldigt bitte die Störung, ihr beiden. Wir lassen euch sofort wieder alleine.«

Henning stand unbeweglich neben seiner Frau. Sein Gesicht verzog sich unwillig, als er Christina in ihrem überweiten T-Shirt, barfuß und mit nackten Beinen dicht neben Axel stehen sah. Aber mehr als »Hallo« sagte er nicht. Was sehr ungewöhnlich war. In der Beziehung zwischen Henning und Mona redete meistens Henning und Mona schwieg. Aber jetzt stand er schweigend da und brachte kein Wort heraus. Ihm gefiel das Vorhaben, das seine Frau plante, überhaupt nicht. Aber er hatte keine Begründung gefunden, die dagegen sprach. >Ich will es nicht< war kein begründbares Argument, wichtige Geschäftstermine oder Reisen standen nicht an. Deshalb hatte er nach kurzer, fruchtloser Diskussion nichts mehr gesagt und ließ jetzt einfach geschehen, was geschehen sollte.

»Wir wollten euch für morgen zum Essen einladen«, fuhr Mona fort. »Ich weiß, der Termin ist unerhört knapp. Aber ich hoffe, ihr habt noch nichts vor.«

»Nein, haben wir nicht. Wir kommen gerne, nicht wahr, mein Schatz?«, fragte Axel Christina. Seine Augen blitzten vor Vergnügen, als er in ihr Gesicht sah.

Christina fühlte Angst und Entsetzen in sich hochsteigen. Hennings Frau lud sie zum Essen ein! In ihr Haus! Nein, niemals! Sie konnte da nicht hingehen! Sie wollte da

nicht hingehen! Hilfesuchend sah sie Axel an. »Aber …
Wir … Wir wollten doch …«, stammelte sie.

»Nein, das machen wir erst am Sonntag«, erklärte Axel
erbarmungslos. »Wir kommen gerne, Mona«, sagte er mit
einem strahlenden Lächeln zu Hennings Frau. »Tina und
ich bedanken uns für die Einladung.«

Christina brauchte ihre ganze Willenskraft, um zustimm-
end zu nicken und daran anschließend auch noch Monas Lächeln zu erwidern. Sie hatte im Augenblick nur den
einen Wunsch, Axel umzubringen. Er wusste es, denn er
stand zufrieden da und grinste übers ganze Gesicht.

»Das ist schön, dass ihr kommen könnt. Ist euch sieben
Uhr recht?«, fragte Mona.

»Perfekt. – Kommt ins Wohnzimmer und setzt euch.
Wollt ihr etwas trinken?«

»Wir haben leider keine Zeit. Henning und Horst haben
Wichtiges miteinander zu besprechen, und ich nutze die
Gelegenheit, einen Kaffee mit Hanna zu trinken. Die
Kinder sind nämlich bei Freunden in der Nachbarschaft
eingeladen. - Hanna und Horst kommen morgen auch.
Auch Hennings Eltern haben zugesagt.«

»Schade, dass ihr nicht bleiben könnt. Also, bis morgen.«

Henning und Christina standen schweigend da und
warfen sich verstohlene Blicke zu. Mit Bedauern im Blick
bat er sie stumm um Verzeihung. Ihre Augen waren voller Entsetzen.

»Ich gehe da nicht hin!«, erklärte Christina entschieden,
aber mit bebender Stimme, als Axel und sie wieder alleine
waren.

»Natürlich gehst du hin. Du hast zugesagt.«

»Das habe ich nicht. Du hast für uns beide zugesagt.«

»Aber du hast genickt. Das habe ich genau gesehen.«

»Warum hast du nicht gesagt, dass wir etwas anderes
vorhaben?«

»Warum hätte ich das tun sollen?«

»Um mir einen Gefallen zu tun, zum Beispiel? Du weißt genau, dass ich da nicht hin will!«

»Für dich würde ich nicht mal den kleinen Finger rühren, das weißt du doch.«

»Ja, das weiß ich«, seufzte Christina resigniert. »Aber hättest du nicht einmal eine Ausnahme machen können? Nur ein einziges Mal? Du wusstest, dass ich … Ich … Ich kann da nicht hingehen!«

»Du willst Henning doch haben, oder? Na also, dann tu was. Verkriech dich nicht hier in meiner Wohnung, sondern zeige ihm, dass du da bist. Von mir aus, mach ihn eifersüchtig. Ich stehe zur Verfügung.«

»Ich kann das nicht! Ich kann das nicht!«, jammerte Christina verzweifelt.

»Ihn eifersüchtig machen?«

»Zu ihm nach Hause gehen. Ihn in seinem Zuhause sehen, mit seiner Frau …«

»Du magst Mona, nicht wahr?«

»Nein.«

»Ich glaube doch.«

»Das ist nicht wahr! Hör auf, solch einen Unsinn zu reden!« Wütend lief Christina aus dem Zimmer und schlug die Tür hinter sich zu. Der Appetit auf ein leckeres Mittagessen war ihr vergangen. Ebenso ihr Wunsch, Axel heute noch einmal zu begegnen.

Christina konnte nicht einschlafen. In ihrem Kopf überschlugen sich die Gedanke an das Abendessen morgen bei Henning und seiner Frau und ließen sie nicht zur Ruhe kommen. Immer wieder malte sie sich aus, wie es sein würde, in ihrem Haus zu sein. Es würde schrecklich werden, das wusste sie. Sie konnte nicht in diesem Haus sein. Sie konnte nicht mit Mona an einem Tisch sitzen und so tun, als sei ihr deren Ehemann völlig gleichgültig. Sie würde sich mit Henning nicht unbefangen unterhalten können, und jedermann würde sofort sehen, dass sie mehr für ihm empfand, als schicklich war. Es würde einen Skandal geben. Der Trainer würde den anwesenden Gästen die Wahrheit über sie und Henning sagen und alle würden mit dem Finger auf sie zeigen, um sie anschließend mit Schimpf und Schande aus dem Haus zu jagen. Gequält von ihren Phantasien, die sie mit immer neuen und noch erschreckenderen Katastrophen ausschmückte, wälzte sich Christina unruhig im Bett hin und her. Irgendwann hielt sie diesen unerträglichen Zustand nicht mehr aus. Kurzentschlossen stand sie auf, verließ ihr Zimmer und tastete sich über den dunklen Flur hin zu Axels Schlafzimmer. Vorsichtig öffnete sie die Tür und ging auf das Bett zu, dessen beeindruckende Größe im Licht einer Straßenlaterne, welches durch die nicht vollständig geschlossenen Jalousien drang, in dem ansonsten dunklen Raum gut zu erkennen war.

»Axel«, rief Christina leise.

Axels ruhige Atemzüge deuteten darauf hin, dass er tief und fest schlief. Er hörte Christinas Rufen nicht. Da schlich sie auf nackten Sohlen vorsichtig näher. Sie schaute kurz auf den schlafenden Mann, dann kniete sie sich auf den Rand des Bettes, griff nach seinem Arm und schüttelte ihn heftig. »Axel!«

Nur langsam wurde er wach. »Hm? ... Was? ... Was ist los?«

»Axel!«

»Christina!« Mit einem Ruck richtete sich Axel so schnell auf, dass Christina zusammenzuckte. Jetzt war er hellwach. »Verdammt, was machst du hier?!«

»Ich kann nicht schlafen.«

»Und deshalb weckst du mich?! Hast du sie noch alle?!«, fuhr er sie böse an.

»Bitte, lass uns nicht hingehen«, flehte Christina. »Bitte, Axel.«

Fast wäre er weich geworden. Wie sie da auf seinem Bett hockte, rührend zart und winzig in einem seiner riesigen T-Shirts, das konnte selbst den härtesten Mann schwach werden lassen. Aber ihn nicht!

»Wir gehen hin und damit Schluss!«

»Können wir nicht irgendeine Ausrede finden?«, bettelte Christina.

»Wir gehen hin, Tina! Du und ich! - Warum hast du zugelassen, dass Mona dich in ihr Herz schließt? Jetzt sieh zu, wie du damit fertig wirst!«

»Du bist gemein. Du bist sooo gemein!« Christina rutschte von Axels Bett und tastete sich durch die Dunkelheit zurück zur Tür. Obwohl sie sich sehr bemühte, konnte sie ihre Tränen nicht zurückhalten. Laut weinend ging sie hinaus.

Und Axel hatte die größte Mühe, sich davon abzuhalten, ihr hinterherzulaufen.

14. Kapitel

Obwohl Axel wegen Christinas Überfall in der vergangenen Nacht immer noch stinksauer war, griff er nach ihrer Hand, als sie ihr Ziel erreichten und vor der Villa der Westermanns das Auto abstellten. Ihre Hand war eiskalt, stellte er fest. Er sah sie kurz von der Seite an, sah ihr blasses Gesicht, dem auch das sorgfältig aufgetragene Make-up nicht viel Farbe verliehen hatte, aber er sagte kein Wort.

Axel war nicht nur wütend, sondern vor allem enttäuscht über Christinas Verhalten ihm gegenüber. Dass sie meistens im Nachtzeug in die Küche oder ins Esszimmer kam, um ihm einen guten Morgen zu wünschen und nicht erst nach dem Duschen und Anziehen. Dass sie in der letzten Nacht einfach in sein Schlafzimmer gekommen war. Alles das ärgerte ihn. Als sie vor nicht einmal zwei Stunden vor ihm gestanden hatte, nur in BH und Slip, mit zwei Kleidern in der Hand und ihn unbekümmert gefragt hatte: »Welches soll ich anziehen?«, war die Wut hochgekommen, die schon eine ganze Weile in ihm brodelte. Es war allzu offensichtlich. Christina sah in ihm nicht den Mann, mit ganz normalen Regungen und Gefühlen. Für sie war er nichts anderes als ein Neutrum, das zeigte sie ihm immer wieder überdeutlich durch ihr Verhalten. Er hatte es so satt! »Das grüne«, hatte er sehr kurz angebunden geantwortet. Seitdem schwieg er. Auch die etwa halbstündige Fahrt, die über eine Alleenstraße durch kleine, schmucke Dörfer hindurch zu Hennings

Villa führte, die idyllisch am Ostorfer See lag, verlief in eisigem Schweigen.

Christina sah die Wut in Axels Gesicht, sie hörte sie in seiner Stimme. Aber sie wusste nicht, warum er so schlecht gelaunt war. Er hatte doch seinen Willen durchgesetzt, sie war mit ihm hier, vor Hennings Villa. Was passte ihm dann trotzdem nicht? Sie hätte sich auf der Fahrt hierher sehr gerne mit ihm unterhalten, wenn es denn sein musste sogar mit ihm gestritten, nur um ihre Angst vor dem bevorstehenden Abendessen loszuwerden. Aber sie traute sich nicht, den Mund aufzumachen. Sie kannte Axel mittlerweile gut genug um zu wissen, wann es angebracht war, ihn um Himmels willen bloß nicht anzusprechen.

Das Ehepaar Westermann kam ihnen auf der Treppe entgegen, kaum dass Axel seinen Wagen neben Horsts Mercedes geparkt hatte. Mona, hübsch anzusehen in einem eleganten schwarzen Hosenanzug, nahm Christina in den Arm und begrüßte sie mit Küsschen auf beide Wangen.

»Christina, herzlich willkommen. Ich freue mich, dass du da bist. – Und wieder bist du so wunderschön.«

»Danke. Ich habe mir die größte Mühe gegeben«, versuchte Christina zu scherzen.

»Das kann ich bestätigen«, mischte sich Axel ein, während er Mona in den Arm nahm. Er sah zu Christina hinüber, die jetzt von Henning umarmt und mit Küsschen auf die Wangen begrüßt wurde. »Axel, was soll ich anziehen? Dieses oder das oder das?«, machte er Christina nach. »Sie hat Klamotten im Schrank, das glaubst du nicht!«

Natürlich ergriff Mona sofort Partei für Christina. »Jetzt übertreibe bitte nicht, Axel. Soviel kann das gar nicht sein.«

»Ich wollte auch nur vermeiden, dass du wieder solch ein Theater machst, wie bei meinem schwarzen Paillettenkleid. Nur deshalb habe ich dich gefragt. Ich tue es nie wieder, da kannst du sicher sein«, sagte Christina böse.

»Ärgere dich nicht, Christina. Das ist doch typisch Mann. Man kann ihnen einfach nichts recht machen.«

»Hast du Grund zur Klage, meine Schöne?«, fragte Axel grinsend, während er Monas Arm durch seinen zog.

So kam es, dass Christina an Hennings Seite das Haus betrat, Axel und Mona hinter ihnen. Die anderen Gäste waren bereits da und standen mit ihren Drinks auf der Veranda beisammen. Die Neuankömmlinge begrüßten Horst Gerlach, Axels Trainer, und seine Frau Hanna, sowie Robert und Marie Westermann, Hennings Eltern.

Dieses Mal musste der Trainer Christina die Hand geben. Er tat das mit Widerwillen, das merkte sie. Er blickte finster in ihr Gesicht als er kurz ihre Finger drückte. Seine Frau und das Ehepaar Westermann begrüßten sie wesentlich herzlicher. Aber das konnte Christina kaum aufmuntern.

Auch Henning sah blass aus. Den ganzen Tag über hatte er mit Sorge dem Abend entgegengesehen. Obwohl viel Arbeit auf seinem Schreibtisch lag, hatte er sich nur schwer darauf konzentrieren können. Sein Leben lief im Moment nicht richtig rund. Das Christina gegebene Versprechen und die Entscheidung, die sich daraus ergab und die er bald treffen musste, lagen ihm wie ein Stein auf der Seele. Aber immer noch fand er zu viele Ausreden vor sich selber, um den Schritt, den er ja doch gehen wollte, noch etwas hinauszuzögern. Er war noch nicht bereit. Er brauchte noch etwas Zeit.

Verstohlen beobachtete Henning Christina, die mit einem Glas in der Hand inmitten der anderen Gäste stand. Er ahnte, dass sie sich jetzt gerade genauso unwohl fühlte wie er. Und er konnte sie nicht einmal in den Arm nehmen und ihr etwas Tröstendes sagen. Sie tat ihm leid. Er bewunderte jedoch ihre Haltung. Sie nippte an ihrem Glas, plauderte mit den Anwesenden und brachte es sogar fertig, ihn anzusehen und ihm ein Lächeln zu schenken. Nur in ihren Augen konnte er sehen, was sie tatsächlich fühlte. Auch er war erleichtert, als Mona schließlich zu Tisch bat.

Die Tischordnung sah vor, dass Christina links neben Henning saß, rechts neben ihr nahm sein Vater Platz. Der Trainer saß am anderen Ende des Tisches neben Mona. Axel saß ihr schräg gegenüber, was nicht so angenehm war. Christina hätte gerne mehr Abstand zu ihm gehabt. Auch aus dem Grund, weil er sie nicht aus den Augen ließ. Sie fühlte sich nicht wohl, in Hennings Haus zu sein und mit seiner Frau an einem Tisch zu sitzen. Axel wusste das, und er verstärkte durch sein Benehmen dieses ungute Gefühl nur noch. Christina bemerkte gar nicht, dass sie nur auf ihrem Teller herumstocherte. Sie unterhielt sich mit Henning und seinem Vater, mehr automatisch. Sie kam erst wieder zu sich, als Monas besorgte Stimme in ihr Bewusstsein drang.

»Christina, ist etwas? Du isst gar nichts. Schmeckt dir die Mecklenburger Küche nicht?«

Christina schrak zusammen. »Bitte? - Oh nein, es schmeckt ausgezeichnet. Ich ...«

»Tina isst nie sehr viel«, mischte Axel sich ein. »Sehr zu meinem Leidwesen. Ich hätte gern mehr zu packen als eine Handvoll Knochen.«

»Axel!« Entgeistert sah Christina ihn an. Warum redete er solch einen Unsinn? Obwohl sie Henning nicht ansah, bemerkte sie doch seinen irritierten Blick, der zwischen ihr und Axel hin und her ging.

»Was denn? Sage ich dir nicht immer, du sollst mehr essen?«

»Christina ist nicht zu dünn. Sie ist genau richtig«, sagte Mona entschieden. »Mit deiner Bemerkung hast du sie gekränkt. Also entschuldige dich bitte bei ihr.«

»Gut, ich entschuldige mich. Du bist ... genauso, wie ich dich haben will.«

Christina sah zu Mona hinüber und erwiderte schwach deren Lächeln. Dabei fiel ihr Blick auf den Trainer. Der saß da, sah von ihr zu Henning zu Axel, und verstand überhaupt nichts mehr. Wäre sie nicht so unglücklich, hätte sie laut über sein verdutztes Gesicht gelacht.

»Mona ist eine sehr gute Köchin«, sagte Marie Westermann.

»In dieser Beziehung geht es mir im Moment nicht so gut«, klagte Axel.

»Das wird Christina noch lernen«, sagte die Frau des Trainers.

»Ich koche auch nicht gut«, tröstete Hennings Mutter. »Aber Robert lebt schon seit beinahe vierzig Jahren damit.«

»Warum sagst du mir das jetzt? Vor allen Leuten?«, fragte Christina Axel enttäuscht.

»Jetzt ist mir danach.«

»Ich muss nicht kochen können«, sagte Christina darauf zu ihm mit sehr viel Hochmut in der Stimme. »Ich werde einmal einen Mann heiraten, der es sich leisten kann, eine Köchin zu beschäftigen.« Sie meinte nicht ein Wort von dem, was sie sagte.

Aber das wusste Axel nicht. »Tu das. Meinen Segen hast du«, erwiderte er böse.

»Dann streng dich an, Axel«, lachte Hanna Gerlach. »Wenn du erst Weltmeister bist, kannst du dir eine Köchin leisten.«

»Sorge dafür, dass du deinen Ernährungsplan penibel einhältst«, mischte sich der Trainer ein. »Wenn sie nicht kochen kann, dann mach das wieder selbst. Sonst kannst du deinen Kampf gleich vergessen. - Und trink nicht soviel!«

Mit einem kurzen Seitenblick auf ihn griff Axel zu einer Rotweinflasche, die in seiner Nähe auf dem Tisch stand, und füllte demonstrativ sein Glas bis fast an den oberen Rand des Kelches.

»Sie heißt Christina«, sagte Mona leise zu Horst, der Axels provokantes Tun mit versteinerter Miene beobachtete.

Robert Westermann war ein aufmerksamer Tischnachbar. Wie alle anderen auch bemerkte er die Missstimmung zwischen Christina und Axel, in die dieser nun auch den Trainer mit hineingezogen hatte. Axels Verhalten gefiel ihm nicht. Um die Stimmung nicht aufzuheizen, wollte er sich nicht einmischen. Stattdessen wandte er sich mit einem Lächeln an die junge Frau an seiner Seite. »Axel hat erzählt, dass ihr vor kurzem im Kabarett wart. Hat es Ihnen gefallen?«

Christina sah ihn an, dankbar für den Themenwechsel. »Ja, es hat mir sehr gefallen. Einige der Künstler waren wirklich großartig.«

»Es hat dir gefallen, obwohl es Provinztheater war?«, fragte Henning. »Aus München bist du doch sicher andere Sachen gewöhnt.«

»Der Mann, der mir besonders gefallen hat, war wirklich gut. Ich habe zwar nicht alles verstanden, was auf die ehemalige DDR bezogen war. Aber der Sketch mit den Bierflaschen. Oder mit den Uniformhemden. Ich habe Tränen gelacht.«

»Erzählen Sie, bitte. Wir möchten auch lachen.«

»Also, zuerst die Bierflaschen. - Er sagte, nächstes Jahr würden die Pfandbierflaschen sechzig Jahre alt. Dann hielt er inne, überlegte und tat so, als rechne er, und kam schließlich auf 1936. 'Deshalb sind sie braun', sagte er dann.«

Alle lachten. »Und jetzt die Uniformhemden«, bat die Frau des Trainers. Sogar er hatte gelacht.

»Er hatte ein scheußliches Unterhemd an, mit langen Ärmeln. Da Axel und ich in der ersten Reihe saßen, kam er zu uns und fragte mich, aus welchem Material das Hemd wohl sei. Ich fühlte und sagte ihm, Baumwolle. Das stimmte anscheinend, denn er ist zufrieden zurück auf die Bühne gegangen. Er erzählte dann, dass unser Verteidigungsminister bei Übernahme der DDR-Armee auch diese Hemden mit übernehmen wollte. Aber diese langen Ärmel ...«

Mitten im Satz wurde Christina unterbrochen. Als plötzlich die Tür aufging, richteten sich alle Augen auf die beiden Mädchen im Schlafanzug, die sich ein wenig schüchtern ins Zimmer schoben. Der Blick der beiden fiel sofort auf Christina.

»Ein Engel«, sagte die Kleinere beinahe andächtig.

»Quatsch«, entgegnete die Größere mit der ganzen Autorität der älteren Schwester. »Das ist Axels Freundin. Wir haben doch die Bilder in der Zeitung gesehen. Weißt du das nicht mehr?«

Christina, die keine Geschwister hatte, liebte Kinder über alles. Deshalb hielt sie jetzt nichts auf ihrem Stuhl. Sie stand spontan auf und ging zu den beiden Mädchen.

»Das ist Marie und das ist Lara«, stellte Mona ihre Töchter vor.

»Hallo, ihr beiden.« Christina kniete sich vor die Kinder und ergriff die ausgestreckten Hände. »Ich bin Christina.«

»Du siehst aus wie ein Engel«, sagte Lara. »Deshalb habe ich gerade gedacht, du bist einer.«

»Da täusche dich nur nicht.« Axel verließ seinen Platz neben Marie Westermann und gesellte sich zu ihnen. Er breitete seine Arme aus und zog beide Kinder gleichzeitig an seine Brust. »Hallo, meine Mäuse.«

»Onkel Axel!«

»Onkel Axel! - Hast du uns was mitgebracht?«

»Ja, natürlich haben Tina und ich euch etwas mitgebracht. Was denkt ihr denn? Ich weiß nur nicht, wo Tina es hingelegt hat.«

»Die Mama gibt es euch morgen«, sagte Christina.

»Nein, jetzt«, erklärte Axel.

Bevor die Kinder ihm zustimmen konnten, sprach Mona ein Machtwort. »Morgen«, sagte sie entschieden. »Und ihr sagt nun schnellstens gute Nacht und verschwindet wieder in euren Betten.«

»Mami, wir wollen doch ...«

»Ab ins Bett!«

Als sich die Tür hinter den beiden Mädchen schloss, wandte Mona sich mit einem entschuldigenden Lächeln an Christina. »Es tut mir leid, dass die beiden dich beim Essen gestört haben. Ich hätte damit rechnen müssen, dass sie kommen. Sie waren so neugierig auf Axels neue Freundin. Sie haben den ganzen Tag von nichts anderem gesprochen.«

»Sie haben mich nicht gestört. Ich war fertig mit essen. - Sie sind süß die beiden.«

»Axel ist Pate von Lara. Sie hängen sehr an ihm. Und ich glaube, jetzt werden sie auch sehr an dir hängen. – Wie ist es, hast du Lust, dir das Haus anzusehen? Danach trinken wir im Wintergarten Kaffee.«

»Natürlich möchte Tina das Haus sehen«, antwortete Axel, bevor Christina etwas sagen konnte.

Christina wollte das Haus nicht sehen! Irgendwann würden sie dabei auch das Schlafzimmer erreichen. Hennings und Monas Schlafzimmer! Das war genau das, was Axel wollte. Sie wusste es. Sie sah es in seinem Gesicht, in seinen Augen, die sie schadenfroh anfunkelten. Deshalb war er so begierig, dass sie sich das Haus ansah. Aber den Anblick des Ehebettes würde sie nicht aushalten, auch das wusste sie. Sie hatte Henning nie gefragt, ob Axel recht damit hatte, dass er, obwohl sie jetzt eine wichtige Rolle in seinem Leben spielte, trotzdem mit seiner Frau schlief. Warum sollte sie ihn fragen? Sie ahnte, dass er es tat. Um mit diesem Gedanken leben zu können, musste sie ihn weit wegschieben. Sehr weit weg. Und genau das hatte sie getan.

»Das Haus würde ich gern ein anderes Mal sehen. Jetzt brauche ich einen Kaffee, nach dem guten Essen.« Es gelang ihr sogar, Mona anzulächeln.

»Marie, Hanna, kommt bitte mit«, wandte sich Mona an die beiden anderen Damen. »Wir trinken unseren Kaffee im Wintergarten und lassen die Männer allein. Ich glaube, sie brennen darauf, über ihren Sport zu reden.«

Ohne Henning, aber vor allem ohne Axel und seinen schrecklichen Trainer fühlte Christina sich etwas wohler. Mit ihren neunzehn Jahren war sie die Jüngste in der Damenrunde; Mona war fünfunddreißig, die anderen beiden Damen mehr als dreißig Jahre älter. Aber sie ließen sie ihre Jugend nicht spüren. Und auch keine Antipathie. Das konnte nur bedeuten, dass keine der anwesenden Frauen etwas von ihrer Beziehung zu Henning wusste, überlegte Christina. Schon den ganzen Abend quälte sie die Angst, irgendjemand würde aufstehen, mit dem Finger auf sie zeigen und laut ›Ehebrecherin!‹ rufen, genauso, wie sie es sich in der vergangenen Nacht in Gedanken tausende Male vorgestellt hatte. Aber niemand war aufgestanden. Weder Axel noch der Trainer. Warum hatte Horst Gerlach bis jetzt geschwiegen? Warum hatte er nicht einmal seiner Frau erzählt, dass sie nicht Axels, sondern Hennings Freundin war?

Die drei Frauen, in deren Gesellschaft sich Christina befand, waren aufgeschlossen, freundlich und sehr interessiert an München, den Sehenswürdigkeiten, dem kulturellen Angebot der Stadt und selbstverständlich auch an den Modehäusern. Lauter harmlose Themen, die es Christina erlaubten, innerhalb kurzer Zeit ganz entspannt dazusitzen, munter zu erzählen, zu lachen und den Abend, den sie so sehr gefürchtet hatte, zu genießen.

Wie lange sie zusammengesessen und sich aufs Angenehmste unterhalten hatten, wurde ihnen erst bewusst, als die Tür zum Wintergarten aufging und der Trainer mit bösem Gesicht hereinschaute. Da stellten sie überrascht fest, dass es bereits weit nach Mitternacht war.

»Christina, bring Axel nach Hause. Er ist völlig betrunken«, schimpfte Horst. Er war so aufgebracht, dass er wohl gar nicht merkte, dass er sie mit Vornamen ansprach und sie duzte. »Und sorge dafür, dass er morgen pünktlich um zehn beim Training ist. Und zwar nüchtern!«

»Axel ist nicht betrunken«, sagte Mona sofort. »Er trinkt doch nie viel.«

»Er darf doch so kurz vor seinem Kampf gar nicht trinken«, sagte Hanna.

»Dann seht ihn euch an!«

Horst hatte recht. Axel war so betrunken, dass er sich kaum auf den Beinen halten konnte. Er musste nach Hause, daran bestand kein Zweifel. Der Abend war vorbei. Zusammen mit Horst schleppte Henning seinen Freund zum Auto, setzte ihn auf den Beifahrersitz und gurtete ihn an.

»Schaffst du es, ihn nach Hause zu bringen?«, fragte er Christina besorgt.

»Es tut mir leid, aber ich hätte den Wein zum Essen und anschließend den Cognac zum Kaffee nicht trinken sollen. Ich fühle mich ein wenig beschwipst. Ich kann nicht mehr fahren«, gab Mona bedauernd zu. »Henning hat leider auch getrunken. Aber Horst ist ja sowieso der Chauffeur für alle heute, weil er nie etwas trinkt. Ich sage ihm, dass ...«

»Nein, nein«, unterbrach Christina sie sofort. Um nichts in der Welt wollte sie mit dem muffigen Trainer in einem Auto sitzen. »Macht euch keine Sorgen. Ich schaffe das. - Vielen Dank für den schönen Abend.« Sie umarmte zuerst Mona, dann Henning, stieg in den Wagen und fuhr los. Neben ihr lag Axel schlafend auf dem Beifahrersitz.

Obwohl Henning ihr den Heimweg gut beschrieben hatte, verlor sie einige Male die Orientierung in der Dunkelheit. Als sie endlich das Schloss vor sich liegen sah, befand sie sich auf vertrautem Gebiet. Sie bog in die richtige Straße ein, parkte das Auto vor dem richtigen Haus und stellte den Motor ab. Als sie den Schlüssel abzog, warf sie einen kritischen Blick auf den Mann neben ihr. Eine weitere Herausforderung lag vor ihr. Sie hatte große Mühe, Axel halbwegs wach zu bekommen, so dass er mit ihrer tatkräftigen Unterstützung aus dem Auto aussteigen konnte. Mit viel Anstrengung gelang es ihr anschließend, ihn zur Haustür zu ziehen, den Schlüssel ins Schloss zu stecken und dabei gleichzeitig Axel in einer aufrechten Position zu halten. Es war Schwerstarbeit, ihn die Treppen hinauf zu bekommen. Seine Wohnung lag im zweiten Stock und es gab leider keinen Aufzug. Als sie endlich die Wohnung und sein Schlafzimmer erreichte und ihn auf das Bett fallen ließ, war sie völlig außer Atem, die Arme taten ihr weh und ihre Beine zitterten. Schwer atmend stand sie eine Weile unschlüssig vor dem Bett und sah auf ihn nieder. Sie kämpfte mit dem Wunsch, so schnell wie möglich in ihr Zimmer zu kommen, und dem fürsorglichen Gedanken, dass sie ihn hier nicht so liegen lassen konnte, vollständig bekleidet mit Anzug, Hemd und Schuhen. Nach einem kurzen Zögern beugte sie sich hinunter zu dem schlafenden Mann und begann, mit unsicheren Fingern die Fliege an seinem Hals aufzubinden. Als das getan war, richtete sie ihn mit viel Kraftanstrengung auf, damit sie seine Jacke ausziehen konnte. Als sie sein Hemd aufknöpfte, kam Axel kurz zu sich.

»Was ...? Was ist los?«

»Du musst dich ausziehen. Hilf mir ein bisschen.«

Mehr unterbewusst half er ihr, aber wirklich nur ein bisschen. Als Christina sich an seinem Gürtel zu schaffen machte und nach einem langen Zögern schließlich den Hosenknopf öffnete, murmelte Axel etwas Unverständliches. Irgendwie gelang es ihr, ihm die Hose auszuziehen, obwohl ihre Hände dabei reichlich zitterten. Dann jedoch konnte sie nicht anders, sie lachte auf. Axel trug rote Boxershorts, die mit kleinen, bunten Teddybären bedruckt waren. >Sieh mal an. Das Schwergewicht liebt Teddybären<, dachte Christina amüsiert. Sie breitete eine Decke über ihn, löschte das Licht und verließ sein Schlafzimmer, immer noch leise lachend.

15. Kapitel

Wie bisher jeden Morgen hatte Axel auch jetzt sein Frühstück fast beendet, als Christina in der Tür des Esszimmers erschien, wie immer auf nackten Füßen, mit zerzausten Locken und mit einem seiner T-Shirts bekleidet.

»Guten Morgen. Du bist schon auf?«, begrüßte sie ihn überrascht.

»Guten Morgen. Natürlich bin ich auf. Ich muss doch gleich zum Training.«

»Wie fühlst du dich?«

»Ich habe eine Kopfschmerztablette genommen, das ist meine zweite Tasse Kaffee. Es geht mir gut. - Ich hatte ganz schön was getrunken, oder?«

»Oh, ja. Dein Trainer war echt sauer.«

»Das kann ich mir vorstellen. In solchen Dingen versteht Horst keinen Spaß. Er wird mir also gleich gehörig den Kopf waschen. - Ich weiß überhaupt nichts mehr von gestern Abend. Irgendwie habe ich einen Filmriss. Wie bin ich ins Bett gekommen?«

»Ich habe dich die Treppen hochgeschleppt.«

»Was?! Du Fliegengewicht?«

»Es war doch niemand anderes da. Und ich wollte dich nicht im Auto liegen lassen. Die Nächte sind zwar warm, aber trotzdem habe ich es nicht fertiggebracht.«

Axel grinste sie an. »Ich muss doch gemerkt haben, dass wir die Treppe hinaufgegangen sind«, sagte er dann kopfschüttelnd. »Aber ich weiß es nicht mehr. Muss ich voll gewesen sein. Ganz so schlimm war es anscheinend doch nicht, denn immerhin habe ich mich ausgezogen und alles ordentlich hingelegt. Ich kann mich zwar nicht daran erinnern, aber ich hab's getan.«

»Ich habe dich ausgezogen«, platzte Christina heraus. Sofort als sie es sagte, wusste sie, dass sie besser den Mund gehalten hätte.

Axel starrte sie sprachlos an. Sein eben noch heiteres Gesicht verzog sich in Sekundenschnelle finster, seine Lippen wurden schmal, seine Augen dunkel. »Verdammt noch mal!«, sagte er mit mühsam unterdrückter Wut in der Stimme.

Er stand so schnell und mit einer so heftigen Bewegung auf, dass sein Stuhl umkippte und polternd zu Boden fiel. Ohne sich darum zu kümmern, griff er gedankenlos in den Brötchenkorb und zog ein Croissant heraus. Während er in das Gebäck biss, drängte er sich an Christina vorbei und verließ mit schnellen Schritten das Zimmer. Sie hörte ihn im Flur weitere Flüche ausstoßen, bevor er die Wohnungstür mit einem lauten Krachen hinter sich ins Schloss fallen ließ.

Mit heftig klopfendem Herzen stand Christina wie betäubt da und starrte auf den am Boden liegenden Stuhl. Sie wusste, sie hatte einen dummen Fehler gemacht, den Axel sie jetzt tagelang spüren lassen würde, indem er kurzangebunden und muffig zu ihr sein würde. Sie hasste es, wenn er so war.

Als es nur kurze Zeit nach Axels Weggang an der Wohnungstür klingelte, rannte Christina, in der Hoffnung, er habe es sich anders überlegt und sei zurückgekommen, zur Tür.

»Hast du etwas ver...« Sie brach ab, als sie nicht Axel, sondern Hennings Frau vor sich stehen sah. Sogleich fing ihr Herz wie verrückt zu klopfen an und sie fühlte ihr Gesicht blass werden. Warum war Mona gekommen? Hatte der Trainer gestern Abend doch allen die Wahrheit gesagt? Wusste Mona jetzt von der Liebe zwischen Henning und ihr? War sie gekommen, um sie zur Rede zu stellen und ihr eine Szene zu machen?

»Axel hat mir erzählt, dass du heute nach Rostock zum Einkaufen fahren wolltest«, sagte Mona stattdessen bei der Begrüßung.

»Ja, das stimmt«, antwortete Christina verwirrt und mit immer noch wild klopfendem Herzen.

»Du siehst mich so überrascht an. Hat er dir nicht gesagt, dass ich gerne mit dir fahren wollte?«

»Nein. Nein, das hat er nicht.«

»Das hatte er mir zwar fest versprochen, aber er hat es wohl doch vergessen. - Hast du etwas dagegen, wenn ich mit dir komme? Ich habe nämlich einen kinderfreien Tag heute und würde sehr gerne einen Stadtbummel mit dir machen.«

»Nein, ich habe nichts dagegen. Im Gegenteil, ich freue mich.« Diese Worte brachte Christina sehr glaubwürdig hervor, das sah sie an Monas erleichtertem Lächeln. Sie nahm sich vor, Axel heute Abend umzubringen. Wie konnte er es wagen, Verabredungen mit Hennings Frau für sie zu treffen?!

Trotz anfänglichem Unbehagen, Herzklopfen und zitternder Hände wurde es ein schöner Tag. Schon auf der einstündigen Fahrt nach Rostock sprachen die beiden Frauen so angeregt miteinander, als würden sie sich schon jahrelang kennen. Auch beim Einkaufsbummel durch sämtliche Modegeschäfte der Innenstadt und beim abschließenden Besuch eines Cafés riss die Unterhaltung nicht ab.

»Ich bin gespannt, was unsere Männer sagen werden.« Zufrieden schaute Mona auf die zahlreichen Einkaufstüten, die den Platz auf den beiden freien Stühlen an ihrem Tisch belegten.

»Sie werden Augen machen«, behauptete Christina lachend.

»Das glaube ich auch. Mein Kleid ist ein Traum. Du hast einen beeindruckend sicheren Modegeschmack, das denke ich jedes Mal, wenn ich dich sehe. Ich bin froh, dass wir gemeinsam zum Shoppen gefahren sind und dass du mir zugeredet hast. Ich hätte mich nie getraut, das Kleid überhaupt nur anzuprobieren. Und nun bin ich überglücklich, dass ich es habe.«

»Du siehst wunderschön darin aus, Mona. Dieses silberne Kleid passt perfekt zu deinem dunklen Haar und deiner hellen Haut. Du siehst darin wie Schneewittchen aus.«

»Ich muss ehrlich sagen, genauso fühlte ich mich bei der Anprobe«, lächelte Mona. Nachdem sie einige Male gedankenvoll in ihrer Tasse gerührt hatte, fügte sie mit ernsterem Gesicht hinzu: »Gerade jetzt ist es für mich wichtig, mich für Henning besonders hübsch zu machen. Irgendwie ist er anders als sonst. Ich weiß nicht, was mit ihm los ist. Er spricht nicht mit mir darüber. Und ich habe Angst, hinter seinem veränderten Verhalten könnte eine andere Frau stecken.«

Christina sah betroffen in das Gesicht der Frau, der sie den Mann wegnehmen wollte. Weil sie diesen Mann liebte. Weil sie seit Wochen von einer Zukunft mit ihm träumte. Und weil sie wollte, dass dieser Wunsch in Erfüllung ging. Sie bekam ja doch immer alle ihre Wünsche erfüllt, auch wenn es dieses Mal etwas länger dauerte. Aber warum tat ihr jetzt das Herz so weh? Warum kam sie sich gerade so entsetzlich schäbig vor? Christinas Augen füllten sich so plötzlich mit Tränen, dass sie es hilflos geschehen ließ.

»Christina, bitte entschuldige«, bat Mona, erschrocken bei dem Anblick der tränengefüllten Augen der jungen Frau. Spontan legte sie ihre Hand auf Christinas. »Ich wollte uns nicht die Stimmung verderben. Und dich schon gar nicht mit meinen Sorgen belasten. Es tut mir leid.«

»Nein, das muss es nicht.« Christina lächelte Mona schwach an und tupfte sich mit dem Taschentuch die Tränen aus den Augenwinkeln.

»Es ist ja auch nur eine Überlegung, nichts Konkretes. Ich weiß, dass jede Frau eines gutaussehenden, gut situierten Mannes damit rechnen muss. Es gibt zu viele Frauen, die es darauf anlegen, einen solchen Mann zu erobern. - Henning war meine erste große Liebe, und das ist er bis heute. Wenn das kaputtgeht, ich weiß nicht, was ich machen würde.«

Christina war nicht in der Lage, etwas anderes tun, als ihrerseits nach Monas Hand zu greifen und diese fest zu drücken. Sie kam sich so hinterhältig und so ungeheuer gemein vor, dass sie beinahe wieder in Tränen ausgebrochen wäre.

»Wir haben uns im Kindergarten kennengelernt«, erzählte Mona weiter. »Als ich zur Mittelschule ging und Henning zum Gymnasium, haben wir uns nicht mehr so häufig gesehen. An meinen Gefühlen für ihn haben auch seine Jahre beim Militär und später sein Studium in Moskau und Ostberlin nichts geändert. Als er nach Schwerin zurückkam, hat er zum Glück schnell gemerkt, dass er mich genauso liebt, wie ich ihn. Wir haben geheiratet und Kinder bekommen. Henning hat Karriere gemacht, während ich mich in der Hauptsache um die Familie gekümmert habe. - Das ist die Kurzfassung unserer Geschichte, die vor über dreißig Jahren im Sandkasten begonnen hat.«

»Es ist eine schöne Geschichte«, sagte Christina und wischte erneut über ihre Augen.

»Bitte keine Tränen, Christina«, bat Mona mit einem aufmunternden Lächeln. »Dazu besteht kein Grund. Vergiss, was ich gesagt habe Ich glaube, Manager sind manchmal genauso schwierig wie die Sportler, die sie betreuen. Das weißt du sicher auch schon von Axel, obwohl ihr noch nicht so lange zusammen seid. Habe ich recht?«

»Und ob ich das weiß«, seufzte Christina. »Einmal ist er unheimlich lieb und hat für alles Verständnis. Und von einem Moment auf den anderen ist er plötzlich so mufflig und eklig, dass ich ihn wer weiß wohin wünschen könnte. Und ich weiß nie, warum er so ist. Er kann ganz schön anstrengend sein.«

»Das kenne ich. Nicht ganz so extrem, aber diese Launen sind mir gut bekannt. - Du darfst dir von Axel nichts gefallen lassen, Christina, versprich mir das.« Mona griff über den Tisch und nahm Christinas linke Hand in ihre. Sie sah auf die blauen Flecke am Handgelenk. »So etwas darf er nicht tun. Das habe ich ihm gestern Abend auch gesagt.«

»Er war wieder einmal wütend auf mich.«

»Das muss er sich abgewöhnen! Ich verstehe ihn nicht. Er ist doch überhaupt kein grober oder unbeherrschter Typ. Eher das Gegenteil davon. Ich fand immer, er war viel zu lieb und viel zu nachgiebig zu seinen ehemaligen Freundinnen. Und bei dir fängt er plötzlich damit an. - Soll Henning mal mit ihm reden?«

»Nein. Bitte, Mona, sage niemandem etwas davon. Das geht keinen etwas an.«

»Was ist denn geschehen? Warum hat Axel dich so hart angefasst? Möchtest du es mir erzählen?«

Die Wahrheit, dass Axel sie davon abgehalten hatte, in ihr Zimmer zu flüchten, damit Henning sie bloß nicht in ihrem unvorteilhaften T-Shirt zu sehen bekam, konnte sie Mona nicht erzählen. »Wir haben gestritten«, sagte Christina stattdessen. »Ich wollte aus dem Zimmer, aber Axel hat mich nicht gehen lassen. Ich habe mich gegen ihn gewehrt und er hat wohl etwas fester zugefasst, als er wollte.« Diese Geschichte entsprach beinahe der Wahrheit, daher konnte Christina sie fast ohne schlechtes Gewissen erzählen.

Mona sah sie entsetzt an. »Macht er das öfter, dich so hart anzufassen, dass du blaue Flecken bekommst?«, fragte sie aufgebracht. »Wenn ja, werde ich mal einige deutliche Worte mit ihm reden. Danach wird er dich nie nieder so misshandeln, glaube mir!«

»Nein, bitte nicht, Mona. Es war ein einmaliger Vorfall, der sich nicht wiederholen wird. Sage Axel nicht, das ich dir davon erzählt habe.«

»Bist du sicher, dass ich nicht mit ihm sprechen soll?«

»Ja, absolut. Ich werde ihm seine Muffigkeit abgewöhnen, das verspreche ich dir.«

»Du sagst das in einem Ton, der mir gefällt. Ich werde mich nicht einmischen. Aber wenn du jemals Hilfe brauchst, dann sag es mir. Versprochen?«

»Versprochen«, lächelte Christina.

Im besten Einvernehmen bezahlten die beiden Frauen ihre Rechnung, schlenderten zu dem Parkhaus, in dem Monas Wagen stand, und machten sich dann gutgelaunt auf den Heimweg. Beide mit dem Gefühl, einen schönen Tag verlebt zu haben.

Als Christina am Samstagabend in ihrem Zimmer den Hosenanzug anzog, den sie bei ihrem Einkaufsbummel mit Mona in Rostock gekauft hatte, besah sie sich sehr zufrieden im Spiegel. Sie sah einfach umwerfend gut aus. Axel würde ihre Begeisterung nicht teilen. Sie wusste inzwischen, wie sehr er es hasste, wenn sie Kleidung trug, die sämtliche Männerblicke auf sich zog. Aus diesem Grund trug sie, wenn sie mit ihm ausging, bevorzugt tiefausgeschnittene kurze Kleider oder Röcke, oder großzügig dekolletierte Shirts zu knackig engen Jeans. An seinem Gesicht sah sie stets, wie sehr er sich darüber ärgerte, dass sie sich dermaßen aufbrezelte, wenn sie in die Stadt gingen. Sie tat es einerseits, um Axel zu ärgern, andererseits und hauptsächlich jedoch, weil es ja immer geschehen konnte, dass sie zufällig auf Henning trafen. Und genau aus dem Grund, weil Axel sich über alles ärgerte, was sie anzog – mit Ausnahme seiner T-Shirts natürlich - hatte

Christina diesen Anzug ausgewählt für den gemeinsamen Besuch der Schweriner Schlossfestspiele mit Henning und Mona am heutigen Abend. Axel würde sich aufregen, das wusste sie. Und genau das hatte sie beabsichtigt. Der Anzug war ihre Rache für sein unverschämtes Verhalten ihr gegenüber.

Axel reagierte noch viel heftiger, als Christina es sich erhofft hatte. Er ärgerte sich nicht nur, er schrie sie an vor lauter Wut, als sie festlich gekleidet, tadellos geschminkt und frisiert mit vor Vorfreude glänzenden Augen das Wohnzimmer betrat.

»Nun, was sagst du? Sehe ich nicht wunderschön aus?«, fragte sie, nur um seine Reizschwelle noch ein wenig mehr herabzusenken.

»Bist du wahnsinnig?! Halb angezogen in die Oper?!«, reagierte Axel wie gewünscht.

»Es gehört noch eine Jacke dazu«, erklärte Christina, zufrieden mit ihrem Erfolg. »Hier, sieh mal.«

»Das interessiert mich nicht! Du hast genug Klamotten. Zieh etwas anderes an!«

»Vielleicht wieder das schwarze Kleid?«

»Da kannst du gleich nackt gehen!«

»Weißt du, graue oder dunkelblaue Omakleider, in denen du mich anscheinend sehen möchtest, gibt es in meiner Größe nicht. Da müsste ich dreißig bis vierzig Kilo zunehmen.«

»Dann tu das!«

»Es tut mir leid, dass dir meine Figur nicht gefällt. Zum Glück denkt Henning anders darüber.«

Axel war nahe dran, zu explodieren. Christina sah es voller Freude. Das hatte sie beabsichtigt, das hatte sie gewollt. Deshalb provozierte sie ihn noch zusätzlich, indem sie von Henning sprach. Axel hasste es, wenn sie das tat.

»Deshalb ziehst du dich an wie eine Nutte? Um ihn aufzugeilen?«

»Wenn du unbedingt das Rotlichtmilieu bemühen willst, dann bitte Edel-Hostess. Ich glaube, diese Damen verdienen nicht schlecht. Die Mädchen von der Straße können sich sicher keine Designer-Kleider leisten.«

»Warum gehst du nicht gleich in Unterwäsche? Viel fehlt ja nicht mehr dazu. Das würde bestimmt einen großen Eindruck auf ihn machen.«

»Meinst du wirklich?«, fragte Christina ein wenig skeptisch. »Nein, ich denke, ich bleibe so, wie ich bin«, erklärte sie dann mit einem strahlenden Lächeln. »Es wird ihm gefallen, das weiß ich.«

An Axel vorbei, der sie nur wütend anstarrte und dem anscheinend die Argumente ausgegangen waren, ging sie hinaus in die Diele, stellte sich vor den großen Spiegel und sah sich zufrieden an. Sie trug eine lange Hose aus beiger Seide, der Bund hörte knapp unter dem Bauchnabel auf. Dann folgte ein Stück nackter Haut und dann kam das, was Axel planmäßig aus der Fassung brachte. Ein Bustier, auch beige, auch aus Seide. Die Fasern waren zu Blüten gehäkelt, große Blüten für die Busenmitte, kleinere Blüten drum herum. Überall blitzte nackte Haut hervor. Das tiefausgeschnittene Bustier wurde von je zwei dünnen Trägern gehalten.

»Nein, ich lasse den Anzug an«, bekräftigte Christina noch einmal. »Ich finde, ich sehe einfach toll aus«, fügte sie nach einem langen Blick in den Spiegel hinzu.

Axel ging wutschnaubend an ihr vorbei, warf ihr einen bitterbösen Blick zu und drückte seinen Finger fest auf den Türöffner. Es hatte geklingelt. Kurze Zeit später kamen Henning und Mona die Treppe herauf und betraten die Wohnung.

»Ich gehe nicht mit!«, schrie Axel ihnen an der Tür entgegen.

»Warum nicht?«, wollte Henning verwundert wissen.

»Ihr habt euch doch nicht gestritten?«, fragte Mona sofort.

»Natürlich haben wir gestritten! Wenn sie diesen Fummel nicht sofort auszieht, gehe ich nicht mit!«

Verständnislos folgten Henning und Mona Axel ins Wohnzimmer. Dort stand Christina, die ihnen mit erwartungsvollem Blick entgegensah.

Mona eilte sofort auf sie zu und umarmte sie zur Begrüßung. »Du siehst so wunderschön aus.«

»Du auch, Mona«, sagte Christina mit ehrlicher Bewunderung. »Mit deiner neuen Frisur siehst du jetzt wirklich wie Schneewittchen aus.«

»Ich habe dem Friseur genau beschrieben, was du mir geraten hast. Es ist wirklich toll geworden, nicht wahr?«

»Ja, das ist es. Aber trage bitte noch etwas mehr Lippenstift auf. Bei einem Abend-Make-up darfst du nicht zaghaft sein.«

Henning stand schweigend da und sah verwundert auf die beiden Frauen. Sie benahmen sich, als seien sie die besten Freundinnen. Wollte Christina wirklich Freundschaft mit seiner Frau? Es sah ganz danach aus. Vielleicht war das gar keine schlechte Idee, überlegte er. Es würde alles einfacher machen. Oder alles komplizierter? Henning war zu nervös, um eine klare Antwort auf diese verworrene Frage zu finden. Diese gemeinsamen Unternehmungen zusammen mit Axel und Christina, die in letzter Zeit gehäuft stattfanden, machten ihn zunehmend unsicher und nervös. Was bezweckte seine Frau damit? War sie ihm auf die Schliche gekommen? Wusste sie, was Christina ihm bedeutete? Hatte sie herausgefunden, dass diese nicht Axels Freundin, sondern die Frau war, die er liebte? Wollte Mona ihn durch diese häufigen Treffen geschickt manipulieren und ihm deutlich machen, dass Axel allein schon altersmäßig viel besser zu Christina passte? Oder steckte Axel dahinter, der seinerseits Mona dahingehend manipulierte, dass sie Christina und ihn laufend einlud, gemeinsam mit ihnen etwas zu unternehmen? War es sein Ziel, Christina die Augen zu öffnen, damit sie erkannte, dass er besser zu ihr passte, als ein geschiedener Vater zweier Kinder? Hennings wirre Spekulationen führten auch heute zu keinem zufriedenstellenden Ergebnis. Er wusste nur, dass diese ungeklärte, belastende Situation, in der er sich seit einigen Wochen befand, ihn immer unzufriedener machte. Es gab einiges zu klären in seinem Leben, und er sollte diese Klärung nicht noch länger vor sich herschieben. Das war er sowohl Mona als auch Christina schuldig. Aber es gehörte Mut dazu, die Entscheidung, die längst fällig war, zu treffen. Und dieser Mut fehlte ihm weiterhin.

Axel war zu sehr mit Christinas unpassender Kleidung beschäftigt, um weder auf seinen heute wieder einmal ziemlich schweigsamen Freund, noch auf den freundschaftlichen Wortwechsel zwischen den beiden Frauen zu achten.

»Zieh dich endlich um! Wir müssen los!«, fuhr er Christina böse an.

»Axel gefällt mein Anzug nicht. Er schreit schon eine ganze Weile herum. Ich verstehe nicht, warum er sich so aufregt«, behauptete Christina mit einem Gesicht, das pure Zufriedenheit ausdrückte.

»Was ist denn los, Axel?« Mona sah ihn verwundert, aber auch ein wenig ungehalten an. »Was ist deiner Meinung nach an diesem Anzug verkehrt?«

»Ich will nicht darüber diskutieren! Zieh dich um! - Henning, sag ihr, sie soll dieses verdammte Ding ausziehen!«

Erst Axels heftig hervorgestoßene Worte sowie dessen Hand, die sich fest auf seine Schulter legte, riss Henning aus seinen Gedanken und ließ ihn zurückkehren in Axels Wohnzimmer, in dem ihn drei Gesichter erwartungsvoll ansahen.

»Ich finde diesen Anzug auch nicht gut«, gestand er nach einem kurzen Blick auf Christina, und fragte sich in der gleichen Sekunde, warum er das gesagt hatte.

Triumphierend schrie Axel auf und sah in Christinas Gesicht, das nach Hennings Worten nicht mehr ganz so selbstzufrieden dreinschaute.

Verständnislos sah Mona auf die beiden Männer. »Es ist nicht zu fassen«, sagte sie ärgerlich. »Wir haben uns solche Mühe gegeben, um euch zu überraschen. Was soll dieses Theater?«

»Die Überraschung ist euch voll gelungen«, sagte Axel höhnisch. »Tina, zum Teufel, zieh dich endlich um! Es wird Zeit, wir müssen los. Mach zu, verdammt noch mal!«

»Du hast doch sicher etwas anderes, was du anziehen kannst«, fühlte Henning sich verpflichtet, seinem Freund beizustehen. Er wusste immer noch nicht, warum er es tat.

Christinas Freude an Axels Reaktion auf ihren hübschen Abendanzug war längst verflogen. Sie hatte Axel ärgern wollen, aber dass Henning auf seiner Seite war, hatte sie nicht erwartet.

Mona sah die Enttäuschung auf dem Gesicht des jungen Mädchens. Ihre eigene Freude an dem bewundernden Gesichtsausdruck ihres Mannes, als sie ihm ihr neues Kleid vorgeführt hatte, verblasste ein wenig. Henning war begeistert gewesen von ihrem Aussehen. Das hatte sie sehr glücklich gemacht. Aber dass Axel so dermaßen brüsk auf Christinas hübschen Anzug reagieren würde, hatte sie nicht erwartet. Auch nicht, dass Henning sich in Dinge einmischte, die ihn nichts angingen, nur um seinem Freund beizustehen. Solch ein Benehmen passte vielleicht zu zwei Teenagern, aber doch nicht zu erwachsenen Männern.

»Komm, Christina, wir gehen!«, sagte Mona böse. »Wir lassen uns die Freude nicht verderben. Wenn ihr euch wieder beruhigt habt, könnt ihr ja überlegen, ob ihr nachkommen wollt. Das muss aber nicht sein.« Mit diesen klärenden Worten in Richtung der Männer griff sie nach

Christinas Hand und zog sie einfach mit sich zur Tür hinaus.

Gemeinsam über die Männer zu schimpfen, tat gut. Als sie die Schlossfestspiele im Alten Garten erreichten, waren Christina und Mona bester Laune. Sie ließen sich verzaubern von der Musik, von den Darstellern und der Handlung auf der Bühne. Die unschöne Szene in Axels Wohnung war schnell vergessen. Auch die beiden Männer, die es wohl nicht geschafft hatten, pünktlich zum Beginn der Opernaufführung da zu sein, waren vergessen.

In der Pause nach dem zweiten Akt der Oper ‚Turandot' standen Mona und Christina mit einem Glas Champagner in der Hand inmitten der zahlreich erschienenen Zuhörer. Die beiden Frauen waren sich darin einig, dass die Aufführung, obwohl sie in der Provinz stattfand – denn das war Schwerin trotz der hervorragenden Kulturveranstaltungen, die die Stadt jedes Jahr anbot – sehr gelungen war. Sie nippten an ihren Gläsern, genossen die Abendstimmung am Schloss, unterhielten sich angeregt und amüsierten sich über die Flirtversuche der anwesenden Männer und die bösen Blicke der dazugehörenden Frauen.

Als sich plötzlich eine Hand auf ihren nackten Bauch legte, schrie Christina leise auf. Auch Mona zuckte zusammen, als Henning von hinten die Arme um sie legte. Christina musste den Kopf weit in den Nacken legen, um in Axels Gesicht sehen zu können. Mit einem breiten Grinsen schaute er auf sie hinunter.

»Tut mir leid, das Theater vorhin«, sagte er leise.

»Bereits vergessen«, sagte sie ebenso leise. Seltsamerweise fing plötzlich ihr Herz wie verrückt zu klopfen an.

»Wie viele Männerherzen habt ihr gebrochen?«, fragte Henning die beiden Frauen. Er hatte Mona nach einem Begrüßungsküsschen gleich wieder losgelassen. Wie verloren stand er neben ihr und sah befremdet auf Axels

Hände, die weiterhin auf Christinas Bauch lagen, als gehörten sie dorthin.

»Erzählt, wie viele Eifersuchtsszenen hat es gegeben? Hier, nicht auf der Bühne«, wollte Axel wissen.

»Wir haben sie gar nicht zählen können«, behauptete Christina.

»Nein, wir waren zu sehr beschäftigt, uns die Männer vom Leibe zu halten«, fügte Mona hinzu.

»Es war ein Mordsspaß. Die Blicke der Frauen hätten uns eigentlich töten müssen.«

»Sieh doch nur, wie zufrieden sie jetzt aussehen.«

»Schade, es hat so viel Spaß gemacht.«

Die beiden Männer sahen sich an. »Sollen wir wieder gehen?«, fragten sie gleichzeitig.

»Nein! Bleibt bloß hier!«

»Es ist schön, dass ihr gekommen seid«, sagte Mona. Sie belohnte Henning mit einem Kuss auf den Mund.

Fast schien es, als wolle Axel voller Übermut diesem Beispiel folgen. Aber Millimeter vor Christinas Mund stockte er plötzlich und hob seinen Kopf. Auch seine Hände, die immer noch auf ihrem Bauch lagen und sie fest an seinen Körper drückten, nahm er fort. So schnell, als habe er sich verbrannt. Merkwürdigerweise bedauerte Christina das sehr.

16. Kapitel

Christina blickte gedankenverloren über die Bäume hinweg zum Schloss, von dem sie nur das Dach und einen Großteil der vielen Türme sehen konnte. Sie war in den Wochen, die sie nun schon in Schwerin war, so oft am Schloss vorbeigekommen, dass sie das Bauwerk mittlerweile aus dem Kopf heraus beschreiben könnte. Heute musste sie sich das Laub der Bäume nicht mehr wegdenken, um das Gebäude in seiner ganzen Pracht vor sich sehen zu können. Am Tag ihrer Ankunft hatte sie den Gedanken ausgesprochen, dass im Herbst, wenn die Blätter von den Bäumen fielen, der Ausblick vom Balkon grandios sein musste. Sie würde ja doch nicht in den Genuss dieses Ausblickes kommen, hatte Axel ihr damals vorausgesagt, weil sie dann nicht mehr hier sei. Würde er recht behalten?, überlegte Christina. So sicher, wie sie bei ihrer Ankunft in Schwerin noch gewesen war, war sie längst nicht mehr. An ihrer Liebe zu Henning hatte sich nichts geändert, und auch er liebte sie noch. Das sagte er ihr bei jedem Telefonat. Aber er hatte immer noch nicht mit seiner Frau gesprochen. Gründe, die dagegen sprachen, fand er viele. Seine Arbeit, seine vielen Reisen, seine Kinder, die gemeinsamen Jahre mit Mona. Christina verstand ja, dass er auf Vieles Rücksicht nehmen musste. Auch, dass es ihm nicht leichtfiel, über eine Scheidung mit seiner Frau zu reden. Sie wollte ihn nicht unter Druck setzen, aber sie verlor langsam die Geduld. Axels zufriedene Miene, das deutliche ‚Ich hab's dir doch gesagt‘, das in seinem Gesicht geschrieben stand, trug zu ihrer Ungeduld ebenso bei, wie ihre nicht nachlasssende Sorge, sie würde Henning nicht bekommen, weil er es sich eines Tages doch anders überlegte. Sie wollte nicht, dass das geschah. Auch wenn ihr der Gedanke, dass sie Mona, wenn es irgendwann zur Scheidung kam, nie wieder in die Augen sehen könnte, unangenehm war. Auch, dass sie Mona danach nie wieder sehen würde, bedauerte sie, denn sie mochte Hennings Frau ... >Stopp!<, rief Christina sich zur Ordnung. Sie wusste, sie bewegte sich jetzt auf gefährlichem Terrain. Es fehlte nicht mehr viel und die Gewissensbisse, die stets zusammen mit den Gedanken an Mona auftauchten, würden gleich wieder in äußerst unangenehmer Art und Weise ihren ganzen Körper durchströmen und ihr sagen, dass sie ein egoistisches Biest sei, das auf den Gefühlen anderer Menschen herumtrampelte, und das sich einfach nahm, was es haben wollte. Aber sie war kein egoistisches Biest! Sie konnte doch nichts dafür, dass sie sich in einen verheirateten Mann verliebt hatte. Dass er ihre Liebe erwiderte, war auch nicht ihre Schuld. Schlimm an dieser ganzen Sache war nur, dass dieser Mann eine Frau hatte, die so nett und sympathisch war, dass man ihr eigentlich nicht wehtun durfte.

Christina hielt ihren Blick in die Ferne gerichtet, während sie sich bemühte, ihre Gedanken auf angenehmere Dinge zu fokussieren. Es passierte ihr in letzter Zeit immer häufiger, dass sie an Hennings Frau denken musste, und jedes Mal plagte sie dabei das schlechte Gewissen. Ein unangenehmes Gefühl, das sie nicht wollte, und das deshalb sofort rigoros beiseitegeschoben wurde. Die Aussicht von Axels Balkon auf das Schloss und den See bot die perfekte Ablenkung von störenden Gedanken. Es war früher Abend, viele Menschen waren unterwegs, um den Tag mit einem Spaziergang am Wasser oder durch den Park ausklingen zu lassen. Vor kurzem hatten die Sommerferien begonnen. Seitdem zogen Scharen von Touristen durch die Stadt, bestaunten Schwerins Sehenswürdigkeiten und belegten in Cafés und Restaurants sämtliche Plätze.

Die ruhige Abendstimmung wurde nur durch ein Auto, das unten auf der Straße hupend auf sich aufmerksam machte, und durch Axels Stimme und sein wiederholtes Lachen aus dem Wohnzimmer durchbrochen. Er telefonierte schon eine Weile mit seinen Eltern. Das tat er regelmäßig, was auf ein gutes Verhältnis zu ihnen hindeutete. Mutsch und Paps nannte Axel sie. Christina fand das nett, und jedes Mal, wenn er diese beiden Worte aussprach, was er ziemlich oft tat, musste sie lächeln. Seine Eltern wohnten im Osten Berlins, im Stadtteil Köpenick. Dort bewohnten sie ein Eigenheim, das Axel ihnen finanziert hatte. Von diesem großzügigen Geschenk hatte nicht Axel ihr erzählt, sondern Hanna und Marie hatten es beim Kaffeetrinken im Wintergarten erwähnt.

Christina fand das bemerkenswert. Das gute Verhältnis zu seinen Eltern gab einen weiteren Pluspunkt auf ihrer gedanklichen Sympathieliste, auf der sich zu ihrer Überraschung bereits viele Punkte angesammelt hatten. Die anfängliche starke Abneigung gegen den jungen Mann hatte sich tatsächlich in Sympathie gewandelt. Für sie war er ein Freund geworden, mit dem sie sich gut verstand. Meistens jedenfalls. Und sie hatte das Gefühl, dass auch Axel sie heute netter fand als zu Beginn ihrer Bekanntschaft. Sie irrte sich da bestimmt nicht.

»Nee, nee, Mutsch, das lass mal«, hörte Christina Axel sagen. Er hatte eine angenehme Stimme und sein Lachen war ansteckend.

Christina mochte beides. Einen kurzen Moment lang verlor sie sich im Klang seiner Stimme. Aber dort hatte sie nichts zu suchen! Sie griff nach dem Holzkasten, der neben dem Schachbrett auf dem Balkontisch stand und öffnete ihn. Sie nahm die Figuren heraus und begann damit, diese auf dem Brett aufzustellen. Sie spielten oft miteinander. Nicht nur Schach, sondern auch andere Brett- und Kartenspiele. Wenn Axel abends vom Training nach Hause kam und sie einmal keine Lust hatten auszugehen, saßen sie gerne auf dem Balkon beim Schachspielen, Christina ein Glas Wein neben sich, Axel Mineralwasser. Hin und wieder nahm er sich die Freiheit heraus, einen Schluck aus ihrem Glas zu nehmen. Sie waren beide gute Schachspieler, so dass die Partien immer lange dauerten, bis einer von ihnen mattgesetzt war oder aufgeben musste.

»Viele Grüße von meinen Eltern«, sagte Axel als er schließlich auf den Balkon zurückkam.

»Danke. Genießen sie weiterhin ihren Urlaub?«

»Ja, das tun sie. Am Wochenende sind sie zurück in Berlin. Am Sonntag sollen wir zum Essen kommen. Sie wollen dich endlich kennen lernen. Ich glaube, ich erzähle zu viel von dir. Jetzt sind sie neugierig auf dich.«

»Nein!«, sagte Christina sofort.

»Was ,nein'?«

»Nein, Axel, das geht nicht. Das können wir nicht tun. Wir haben alle angelogen. Aber nicht deine Eltern!«

Christina dachte dabei an Mona und fühlte einen Knoten in ihrem Magen. Sie wusste, dass auch Axel jetzt an Hennings Frau dachte, und sie war froh, dass er keine seiner üblichen bissigen Bemerkungen machte. Er sah sie nur sehr aufmerksam an.

»Mit deiner Putzfrau komme ich mittlerweile ganz gut zurecht, nachdem ich ihr genügend Geschichten erzählt habe, um ihre übergroße Neugier zu befriedigen. Aber deine Eltern dürfen wir nicht anlügen«, fügte sie hastig hinzu

»Ja, wahrscheinlich hast du recht. - Ich fand es übrigens bemerkenswert, dass du Mona zu diesem Wahnsinnskleid geraten hast. Sie hat mir erzählt, dass du nicht eher Ruhe gegeben hast, bis sie es anprobiert hat.«

»Was ist daran bemerkenswert?«, fragte Christina betont arglos.

»Sie sah einfach toll aus. Das fand Henning auch. Hast du es nicht gesehen?«

»Nein, habe ich nicht.«

»Hast du wohl! Du hast nicht darüber nachgedacht, welche Wirkung es auf ihn haben würde, oder? Dein Anzug hat ihm ja leider gar nicht gefallen.«

»Sollte er auch nicht. Ich wollte dich damit ärgern. Und das ist mir ja auch gelungen!« Bei der Erinnerung an das Theater, das Axel beim Anblick ihres sexy Anzuges gemacht hatte, konnte Christina ein zufriedenes Lächeln nicht unterdrücken.

Axel stellte das Glas, von dem er gerade trinken wollte, zurück auf den Tisch und sah Christina verständnislos an. »Mich wolltest du ärgern? Warum?«

»Einfach so.«

»Das ist keine Antwort. Warum?«

»Weil du immer so eklig bist.«

»Bin ich das?«, fragte Axel amüsiert.

»Ja, das bist du.«

Sie sahen sich an. Und fingen dann gleichzeitig zu lachen an.

»Übrigens, meine Bemerkung damals über deine Kochkünste, das tut mir leid«, sagte Axel dann.

Seine Entschuldigung kam so überraschend und völlig unerwartet, dass Christina ihn einen Moment verblüfft ansah. Dann lächelte sie ihn an. »Es hat mich geärgert, das gebe ich zu. Obwohl du recht hast. Ich kann wirklich nicht kochen.«

»Ihr habt zu Hause eine Köchin, oder?«

»Ja, Tilde. Ihr eigentlicher Titel ist Haushälterin. Sie kümmert sich um alles. Und nur wenn meine Eltern viele Gäste haben, duldet sie es, dass sie Hilfe bekommt. Sonst legt sie größten Wert darauf, allein in ihrem Reich zu regieren.«

»Das klingt streng. Deshalb lässt sie dich nicht an ihre Töpfe?«

»Sie verwöhnt mich einfach viel zu sehr. Meine Eltern sind nicht sehr oft zu Hause. Das bringt der Beruf meines Vaters leider mit sich.«

»Und Tilde kümmert sich dann um dich und passt auf dich auf, nehme ich an.«

»Da sagst du was! Als Henning bei uns in Starnberg war, kam sie alle zehn Minuten nachsehen, ob wir auch brav sind. Das war ganz schön peinlich.« Das erzählte Christina ganz unbekümmert. Den merkwürdigen Ausdruck in Axels Augen bemerkte sie nicht.

»Und? Wart ihr brav?«

»Das mussten wir ja. Tilde war schlimmer als ein Wachhund.«

»Soll das heißen, dass ihr … dass ihr …?« Axel konnte nicht aussprechen, was er sich nicht einmal in Gedanken vorstellen mochte.

»Nein, haben wir nicht«, erklärte Christina, amüsiert über seine Stotterei. Axel hatte ein ziemlich loses Mundwerk. Er nahm vor allem ihr gegenüber kein Blatt vor den Mund. Und ausgerechnet beim Thema Sex geriet er ins Stammeln und mochte dieses Wort nicht einmal aussprechen? Christina musste sich sehr zusammenreißen, um nicht höchst undamenhaft loszukichern.

»Armes Mädchen«, sagte Axel bedauernd. Seine Stimme klang jedoch viel zu zufrieden, um die Wahrheit zu sagen. Wie immer, wenn er in diesem verlogenen Tonfall zu ihr sprach, ärgerte sich Christina auch jetzt über ihn.

»Ach, das ist nicht so schlimm. Wir haben doch alle Zeit der Welt«, sagte sie leichthin. Ein Blick in Axels Richtung zeigte ihr, dass er bei ihren Worten nicht mehr so selbstgefällig aussah.

Eine Weile herrschte Schweigen zwischen ihnen.

»Was ich dich schon immer fragen wollte«, sagte Axel dann. »Was macht dich eigentlich so sicher, dass du Henning liebst? Ich meine, wirklich liebst, so dass dir seine Frau und seine beiden Kinder völlig gleichgültig sind?«

»Sie sind mir nicht gleichgültig, leider«, gestand Christina mit einem Seufzer. »Ich habe schon ein schlechtes Gewissen. Aber ich liebe Henning. Ich will ihn haben, und ich bekomme ihn auch!«

»Da spricht wieder das verwöhnte Bankierstöchterchen«, sagte Axel mit Bitterkeit in der Stimme. »Ich will ihn haben! Ich bekomme alles, was ich haben will! Egal, ob andere Menschen darunter leiden müssen.«

»So bin ich nun mal.«

»Ja, so bist du nun mal«, bestätigte Axel.

Christina warf ihm einen beleidigten Blick zu, aber er sprach ungerührt weiter. »Du solltest aber genau prüfen, ob er wirklich deine große Liebe ist. Mach nicht eine Ehe kaputt und stelle dann fest, dass du ihn doch nicht haben willst.«

»Das wird nicht passieren«, versicherte ihm Christina sofort und mit großer Überzeugung.

»Als ich zwanzig war, habe ich mich in ein Mädchen verliebt, und zwar dermaßen, dass ich sie heiraten wollte. Der erste, der von meinen Plänen erfuhr, war mein Großvater, der damals noch lebte und den ich sehr verehrte. Er fragte mich das gleiche, was ich dich gefragt habe. Ich sagte ihm, natürlich sei ich sicher. Aber ich habe dieses Mädchen nicht geheiratet. Nicht nur mein jugendliches Alter, sondern vor allem das, was mein Großvater mir sagte, hat mich davon abgehalten.«

»Was hat er gesagt?«

»Liebe tut weh, wenn sie sich sieht.«

»Liebe tut weh, wenn sie sich sieht ... Das klingt hübsch.«

»Und? Wie ist es bei Henning? Tut es weh, wenn du ihn siehst?«

Was sollte Christina auf diese Frage antworten? Sie freute sich immer, Henning zu sehen. Sie bekam heftiges

Herzklopfen, sobald sie ihn sah. Aber es tat ganz sicher nicht weh.

»Bauchschmerzen bekomme ich, wenn ich dich sehe«, erklärte sie schließlich mit einem Seitenblick auf Axel. »Sobald du zur Tür hereinkommst weiß ich, dass du gleich anfangen wirst, mir Moralpredigten zu halten, mich zu beschimpfen ...«

»Bin ich wirklich so schlimm?«, fragte Axel mit einem unschuldigen Blick in ihre Augen.

»Noch viel schlimmer«, beteuerte Christina. »Ich weiß nicht, ob es wehtut, wenn ich Henning sehe. Ich habe noch nie darauf geachtet. Ich sage es dir, wenn ich ihn das nächste Mal sehe.«

Darauf sagte Axel nichts. Er spielte mit einer Schachfigur und sah nicht hoch. Denn wenn er Christina ansehen würde, würde es wehtun.

»Warum hast du eigentlich keine Freundin?«, fragte Christina, als sich das Schweigen unangenehm in die Länge zog.

Axels Gesicht verdüsterte sich schlagartig. Er hob den Kopf, und jetzt sah er Christina an. Denn jetzt überdeckte Enttäuschung den Schmerz.

»Entschuldige, bitte«, sagte Christina hastig bei dem Blick in sein Gesicht, in seine Augen, die auf einmal ganz dunkel waren. »Ich wollte nicht neugierig sein. Aber ich sehe doch die begehrlichen Blicke, die Frauen dir zuwerfen, egal wo wir hingehen. Du brauchtest nur zuzugreifen.«

Immer noch sah Axel sie an. Mit einem so merkwürdigen Ausdruck in den Augen, dass Christina sich äußerst unbehaglich fühlte.

»Wenn es daran liegt, dass ich im Moment hier bin, dann ...«

Mit einer heftigen Handbewegung warf Axel die Schachfigur vor sich auf den Tisch. Gleichzeitig schob er seinen Stuhl so energisch zurück, dass dieser mit einem lauten, scharrenden Geräusch über die Holzbohlen rutschte. »Das ist ein Thema, über das ich mit dir nicht sprechen möchte«, stieß er hervor. Er wandte sich ab und verschwand durch die Tür ins Innere der Wohnung.

Dieser unerwartete Temperamentsausbruch war noch gar nicht vollständig bei Christina angekommen, als Axel bereits wieder im Türrahmen erschien.

»Das eine will ich dir sagen!« Sein unter der Sonnenbräune bleiches Gesicht war starr wie eine Maske, seine Stimme zitterte vor Wut. »Wenn du Henning tatsächlich soweit bringst, dass er sich scheiden lässt und dich heiratet, dann wünsche ich dir die Hölle auf Erden! Und du wirst sie bekommen, das garantiere ich dir! Dafür werde ich sorgen!«

Christina starrte Axel sprachlos an. Sekundenlang war sie völlig überrumpelt von seinem Wutausbruch und den unerwartet harten Worten. Aber sie reagierte schnell. »Glaubst du, du kannst mir Angst machen mit deinen Mecklenburger Voodoo-Sprüchen?«, fragte sie spöttisch. »Ich glaube nicht an solche Flüche.«

»An diesen solltest du glauben.«

Trotz seines aggressiven Tons wollte Christina nicht mit ihm streiten. Sie war in friedlicher Stimmung. Sie wollte einen netten Abend mit ihm verbringen und Spaß haben. Mit einer versöhnlichen Geste streckte sie ihm die Hand entgegen. »Axel, was soll das? Was ist denn los mit dir?« Sie stand von ihrem Stuhl auf und machte einen Schritt auf ihn zu.

»Ach, lass mich doch zufrieden!«, stieß Axel heftig hervor. Er wandte sich um und verschwand aus ihrem Blickfeld. Nur kurze Zeit später höre Christina die Wohnungstür, die heftig zugeschlagen wurde.

Christina stand da und begriff gar nichts. Einen kurzen Augenblick lang überlegte sie, ob sie ihm hinterherlaufen sollte. Aber das würde zwecklos sein. Wenn Axel beschlossen hatte, wütend auf sie zu sein, dann war er wütend. Aber warum war er es? Sie hatten sich doch ganz harmlos über seine Eltern, seinen Großvater und seine Putzfrau unterhalten. Bis er Henning erwähnt hatte. Warum hatte er ihn überhaupt erwähnt? Dazu bestand doch überhaupt kein Grund. Christina war so verwirrt, dass sie sich nicht mehr daran erinnern konnte, was Axel dazu bewogen hatte, überhaupt von Henning zu sprechen. Was war bloß in ihn gefahren, sie auf solch böse Art und Weise zu verfluchen? Schade, in den letzten Tagen hatten sie sich so gut verstanden. Das lag natürlich vor allem daran, dass Axels Freund schon eine ganze Weile kein Gesprächsthema mehr zwischen ihnen gewesen war. Aber jetzt war Henning wieder sehr präsent, und aus diesem Grund würde Axel tagelang eklig zu ihr sein. Sie kannte seine Stimmungsschwankungen ja bereits zur Genüge, und sie hingen ihr mittlerweile zum Halse raus. Christina hasst es, jede Sekunde damit rechnen zu müssen, dass unvermutet ein verbaler Angriff von seiner Seite erfolgte. Sie konnte sich zwar dagegen wehren, ebenso gut konnte sie austeilen, das wusste Axel mittlerweile. Aber sie mochte es nicht, wenn er so böse, so feindlich war. Sie wollte ihn als gutgelaunten Freund, mit dem sie lachen und Spaß haben konnte. Wer weiß, wie lange sie jetzt wieder warten musste, bis er sich beruhigt hatte und wieder ihr Freund war.

17. Kapitel

Seit Tagen schon war Axel geladen. Alles regte ihn auf, alles machte ihn wütend. Auf die Fragen seiner Sportlerkollegen, seines Trainers oder seines Freundes reagierte er stets so unwirsch, dass Horst ihm heute unmissverständlich klargemacht hatte, dass es so nicht weiterging. >Entweder benimmst du dich deinem Alter entsprechend oder du bekommst eine Pause verordnet, damit du deine Launen in Ruhe auskurieren kannst<, hatte Horst in einem Ton gesagt, dass Axel sofort wusste, er meinte es bitterernst. Um keinen Streit zu provozieren, auf den er keine Lust hatte, hatte er hinuntergeschluckt, was ihm als Erwiderung auf der Zunge lag. Stattdessen hatte er einfach wortlos seine Tasche gepackt und ohne Gruß die Trainingshalle verlassen. Auf der Fahrt nach Hause bemühte er sich vergeblich, die Worte des Trainers als nicht ernstgemeintes Gerede abzutun. Aber das gelang nur schlecht. Axel wusste, dass Horsts Kritik an seinem Verhalten berechtigt war. Er war unausstehlich im Moment. An seiner schlechten Laune waren weder seine Kollegen noch sein Trainer schuld. Bei seinem Freund Henning sah das schon anders aus. Und dann war da ja auch noch Christina. Und schon fühlte Axel wieder Wut in sich hochsteigen. Er schimpfte laut vor sich hin über dieses dumme, nichtsnutzige und schrecklich verwöhnte Kind reicher Eltern, das sich so vollkommen und so bedingungslos in einen verheirateten Mann verliebt hatte, dass es blind war und immun gegen Gefühle, die ihr von anderer Seite entgegengebracht wurden. Es war zum Kotzen!

Die Wut auf Christina war noch längst nicht verraucht, als Axel seinen Wagen vor dem Haus parkte, seine Tasche vom Rücksitz nahm und sich auf den Weg zu seiner Wohnung machte. Normalerweise schaute ihm Christina, wenn er nach Hause kam, entweder aus der Küchen- oder Wohnzimmertür entgegen und begrüßte ihn mit einem Lächeln. Seit er vor einigen Tagen die Beherrschung verloren und ihr auf dem Balkon einige böse Worte gesagt hatte, war ihr Lächeln nicht mehr so herzlich, sondern eher verhalten geworden. Christinas deutlich spürbare Zurückhaltung machte es ihm schwer, auf sie zuzugehen und sie um Verzeihung zu bitten. Andererseits sah Axel auch nicht wirklich ein, warum er sich überhaupt entschuldigen sollte. Schließlich hatte er nichts als die Wahrheit gesagt. So blieb es seit diesem Vorfall bei der angespannten Stimmung zwischen ihnen beiden, die keinem von ihnen gefiel. Trotzdem machte Axel keinen Schritt auf Christina zu. Er hatte nämlich festgestellt, dass der Zustand des ‚Fremdelns‘, der im Moment zwischen ihnen herrschte, besser für sein Gefühlsleben war als ihr freundschaftliches Geplänkel, das ihm zwar gut gefiel, ihm aber nicht guttat. Im Gegenteil, es verführte ihn zu Träumen und Wünschen, von denen er wusste, dass sie sich nie erfüllen würden.

»Henning kommt gleich, soll ich dir ausrichten«, teilte Axel Christina beim Betreten seiner Wohnung kurz angebunden mit. »Da wäre es wohl angebracht, du ziehst dir etwas anderes an«, fügte er nach einem kurzen Blick auf ihre nackten Beine und das weite T-Shirt, das sie trug, süffisant hinzu.

»Keine Sorge, das werde ich«, entgegnete Christina schnippisch. Sowohl sein Ton als auch sein Benehmen ärgerte sie. »Deine schlechte Laune seit Tagen ist kaum noch zu überbieten«, konnte sie sich nicht verkneifen hinzuzufügen. »Mir macht das ja nichts aus. Ich kenne dich kaum anders. Aber es wäre nett, wenn du dich zumindest Henning gegenüber ein wenig zusammenreißen würdest.«

»Meine Laune geht dich gar nichts an«, erwiderte Axel bissig. Er ließ seine Sporttasche einfach zu Boden fallen, wandte sich um und verschwand in sein Zimmer, wobei er die Tür heftig hinter sich zuschlug.

Kopfschüttelnd und schwankend zwischen Ärger und Enttäuschung sah Christina auf seine geschlossene Zimmertür. Sie bedauerte es sehr, dass Axel seit Tagen so feindselig war. Sie hatte einige Male versucht, mit ihm zu sprechen, um herauszufinden, was mit ihm los war. Er hatte sie jedoch nur mit kaltem Blick angesehen und nicht geantwortet, so dass sie dieses Vorhaben schließlich gekränkt aufgegeben hatte. Ratlos stand Christina noch eine Weile in der Diele. In seinem Zimmer hörte sie Axel rumoren und mit Schranktüren knallen. Der unerfreuliche Zustand zwischen ihnen tat ihnen beiden nicht gut. Christina hätte diese Situation gerne geändert. Sie wusste aber nicht, wie. Axel ging ihr aus dem Weg. Und auch sie hielt es für angebracht, ihm so wenig wie möglich zu begegnen.

Mit einem tiefen Seufzer begab sich Christina schließlich in ihr Zimmer, um sich für Henning schön zu machen. Sie zog gerade ein hübsch gemustertes Sommerkleid mit weitgeschnittenem Rock und enganliegendem Oberteil an und schlüpfte in dazu passende Sandaletten, als es an der Tür klingelte. Axel schien es nicht zu interessieren, denn er reagierte auch auf das zweite, drängendere Läuten nicht. Vorsichtig öffnete Christina ihre Zimmertür und schaute im Flur unsicher nach rechts und links. Sie hörte und sah Axel jedoch nicht. Sie war zwar nur Gast in seiner Wohnung, aber in diesem Fall blieb ihr wohl keine andere Wahl. Kurzentschlossen eilte sie zur Wohnungstür, um Henning hereinzulassen.

Dieser stand bereits im Hausflur. In seinen Händen hielt er einen großen Blumenstrauß. Ein strahlendes Lächeln erschien auf seinem Gesicht sobald sich die Tür öffnete und er Christina vor sich sah. Spontan nahm er sie mitsamt den Blumen in den Arm.

Nach einem zärtlichen Kuss überreichte Henning seine Blumen. »Ein kleiner Trost, mein Liebling«, sagte er entschuldigend. »Dafür, dass ich dich so vernachlässige, und dass wir uns kaum sehen. Es tut mir sehr leid, dass ich es dir so schwermache.«

»Danke. Sie sind sehr schön«, sagte Christina als sie den Strauß entgegennahm. Sie war etwas gehemmt, und irgendwie fühlte sie sich von Henning überrumpelt. Das war nur so ein Gefühl; sie hätte nicht begründen können, warum sie so fühlte.

»Geh schon mal ins Wohnzimmer«, bat Christina ihren Gast. »Ich komme sofort. Ich stelle nur schnell die Blumen ins Wasser. - Axel ist in seinem Zimmer«, fügte sie erklärend hinzu.

»Nein, Axel ist hier«, sagte Axel hinter ihrem Rücken.

»Du hast dich so fein gemacht. Gehst du aus?«, fragte Henning seinen Freund gutgelaunt.

»Ja, das habe ich vor. Ich dachte, bevor ihr mich ins Kino schickt, gehe ich freiwillig.«

»Rede doch keinen Unsinn«, sagte Christina ärgerlich.

Die beiden Männer grinsten sich an. Henning strahlend, Axel etwas verkrampft. Ohne ein weiteres Wort verschwand er durch die Tür und überließ Henning und Christina seine Wohnung.

Die Turmuhr der Marienkirche schlug eine halbe Stunde nach Mitternacht, als Axel durch die menschenleere Innenstadt schlenderte. Ziemlich lustlos legte er den Weg zu dem Parkplatz zurück, auf dem er sein Auto zurückgelassen hatte. Er wollte noch nicht heim. Aber auf die Frage, wohin er noch gehen könnte, fiel ihm beim Blick auf dunkle Fenster und verschlossene Türen nichts ein. Schwerin erschien ihm wieder einmal als ein Dorf, das sich an Werktagen früh zur Ruhe begab. Kino und sämtliche Kneipen waren längst geschlossen. Also blieb ihm wohl nichts anderes übrig, als sich notgedrungen auf den Heimweg zu machen. Er sah nicht hoch zu seiner Wohnung, als er seine Straße und sein an ihrem Ende gelegenes Haus erreichte. Was konnte er da auch sehen? Das Gästezimmer, in dem Christina und Henning sein würden, lag auf der Querseite des Hauses. Einen Lichtschein aus ihrem Fenster würde er von hier aus gar nicht sehen können. Das wollte er auch nicht! Gemächlich öffnete Axel die Haustür, erklomm sämtliche Treppenstufen und ließ sich viel Zeit dabei. Trotzdem stand er viel zu schnell vor seiner Wohnungstür. Sein Herzklopfen nahm jetzt Ausmaße an, die jeder Kardiologe für sehr bedenklich gehalten hätte. Nachdem er etliche Male tief eingeatmet hatte, öffnete er schließlich die Tür und trat in die Diele. Er ärgerte sich über das Herzklopfen, über seine zitternden Hände und die Übelkeit, die er bei dem Gedanken an Christina und Henning empfand, die gemeinsam im Bett im Gästezimmer lagen, völlig erschöpft und außer Atem.

Aber nicht aus dem Gästezimmer, sondern aus der halb offenstehenden Wohnzimmertür fiel ihm ein Lichtschein entgegen. Axel atmete noch einmal tief ein, setzte eine unbekümmerte Miene auf und öffnete die Tür. Verblüfft blieb er im Rahmen stehen als er Christina sah. Mit angezogenen Beinen saß sie auf dem Sofa vor dem Fernseher und sah sich die Wiederholung einer Talkshow an. Bekleidet war sie mit einem seiner T-Shirts.

»Du bist allein?« Mehr als diese überflüssige Frage fiel Axel im ersten Moment vor Überraschung nicht ein. Schließlich sah er doch, dass sie allein war.

»Ja.«

»Wo ist Henning?«

»Er ist gegangen.«

»Wann?«

»Vor Stunden schon.«

»Warum? Ist was passiert?«

»Nein.«

»Habt ihr euch gestritten?«

»Nein.«

»Nun sag schon, was passiert ist. Warum ist er nicht geblieben?« Axel verstand die Welt nicht mehr. »Mona ist doch mit den Kindern bei ihren Eltern. Ich dachte, Henning bleibt die ganze Nacht hier. Oder war ihm nur nach einem Quicky?«

Die letzte Frage war nicht nur ungehörig, sondern auch unnötig. Kaum hatte er sie ausgesprochen, bereute Axel, sie gestellt zu haben. Aber es war zu spät. Der Schaden war angerichtet. Er hatte weiteres Porzellan zerschlagen, und damit sein Verhältnis zu Christina noch mehr beschädigt, als er es bisher schon getan hatte.

Christinas Gesicht hatte alle Farbe verloren. Sie sprang vom Sofa hoch. Im ersten Moment dachte Axel, sie käme auf ihn zu, um ihn zu schlagen. Aber ohne ein Wort zu sagen, ohne ihn auch nur anzusehen, ging sie an ihm vorbei aus dem Zimmer. Nur kurze Zeit später hörte Axel die Tür des Gästezimmers, die sich leise schloss. Und er stand da und wusste nicht, was er jetzt denken sollte. Er hatte Angst davor, seinen Gedanken freien Lauf zu lassen, seinen Hoffnungen zu gestatten, an die Oberfläche zu kommen, und sich seine geheimsten Wünsche einzugestehen. Er hatte Angst davor, dass all dies in einer riesengroßen Enttäuschung enden würde. Er wusste es doch, Töchter reicher Eltern verliebten sich grundsätzlich nicht in ihn. Der sympathische, von Presse und Sportlerkollegen geschätzte und von seinen vielen Fans geliebte Boxer Axel Bergmann hatte nicht die geringste Chance bei einem verwöhnten Bankierstöchterchen. Sie wollte ihn als Freund, mehr nicht. Aber das war ihm schon lange zu wenig.

Wenn sie die letzten Wochen Revue passieren ließ, hatte Christina immer das Gefühl, als habe sie, seit sie Henning nach Schwerin gefolgt war, keine Nacht mehr richtig geschlafen. Ihr waren immer zu viele Probleme im Kopf herumgegangen, die ihr den Schlaf raubten. Und auch in dieser Nacht konnte Christina nicht einschlafen. Der vergangene Abend ging ihr wie ein Kreisel im Kopf herum und ließ sie nicht zur Ruhe kommen. Endlich war die Gelegenheit da gewesen, auf die sie wochenlang voller Sehnsucht gewartet hatte. Henning konnte zu ihr kommen. Er konnte sogar das ganze Wochenende bleiben. Ihre erste gemeinsame Zeit zusammen. Wie sehr hatte sie die herbeigewünscht. Und heute war es soweit gewesen. Henning war endlich da. Aber es war alles anders gekommen, als sie es sich erträumt hatte. Sie hatte sich von ihm küssen lassen. Sie hatte ihn geküsst und dabei bereits gemerkt, dass etwas nicht stimmte. Als Henning sie dann auf seine Arme nahm und in ihr Zimmer trug, war es aus gewesen. Da hatte sie plötzlich gewusst, dass sie nicht mit ihm schlafen wollte. Sie konnte es nicht tun. Nicht nur hier nicht, in Axels Wohnung, sondern nirgendwo. Was war geschehen? Warum liebte sie Henning plötzlich nicht mehr? Warum hatte sie stattdessen immerzu an Axel denken müssen? - Weil sie ihn liebte! Ihn, nicht Henning! Sie hatte nicht gemerkt, wie es geschehen war. Sie wusste nur, dass es so war. Sie liebte diesen muffeligen, meist schlechtgelaunten großen Brummbären. Es war zwar unglaublich und nicht zu fassen, aber es war tatsächlich so.

Nachdem sie zu dieser überraschenden, aber irgendwie auch sehr aufregenden Erkenntnis gelangt war, überlegte Christina nicht lange. Kurzentschlossen warf sie die Decke von sich und stand auf. Ihr frisch gewonnenes Wissen war schließlich etwas, das auch Axel etwas anging. Und ihrer Meinung nach konnte das nicht bis zum Morgen warten. Sie wollte ihn jetzt gleich an ihrer übergroßen Freude teilhaben lassen. Und sie wollte sich an seiner Freude über die unerwartete Wende in seinem Leben berauschen, um anschließend die ganze Nacht in seinen Armen darüber zu sprechen, wie es dazu hatte kommen können. Mit klopfendem Herzen machte sich Christina voller Vorfreude durch den dunklen Flur auf den Weg zu Axels Schlafzimmer. Leise drückte sie die Klinke hinunter und öffnete vorsichtig die Tür. Im Zimmer war es dunkel, aber Axel schlief nicht. Denn als sie leise seinen Namen rief, knurrte er sofort unfreundlich »Was willst du?«

Durch seine Frage ermutigt kam Christina näher und hockte sich einfach neben ihn auf sein Bett. »Axel, ich ...«

Axel richtete sich so schnell auf, dass sie zusammenschrak. Seine Hände packten sie hart an den Oberarmen und schüttelten sie einige Mal hin und her. Er tat ihr weh dabei.

»Verdammt, Christina! Hör auf, mich wie ein Neutrum zu behandeln!«, schrie er sie an.

Sie verstand überhaupt nichts. »Aber ... Ich ... Ich wollte doch ...«

»Raus hier! Verschwinde, aber schnell!«

Völlig verwirrt verließ Christina Axels Schlafzimmer.

Als Axel am nächsten Tag vom Training nach Hause kam, bereute er längst, was er am Abend zuvor getan hatte. Er machte sich Vorwürfe. Er hätte Christina anhören müssen. Sie hatte Probleme mit Henning und hatte ihm wohl ihr Herz ausschütten wollen. Egal wie er sich dabei gefühlt hätte, er hätte es tun müssen. Schließlich hatte er ihr vor Wochen seine Freundschaft angeboten. Aber als er das tat, hatte er sie noch nicht geliebt und es war ihm leichtgefallen, nur ihr Freund zu sein. Da hatte er noch alles darangesetzt, Henning und sie auseinander zu bringen. Aber er hätte nie im Traum daran gedacht, dass er sich in sie verlieben würde, in diese verwöhnte Zicke.

Genau das war jedoch geschehen. Er hatte sich verliebt, ohne dass er wusste, wie das passieren konnte. Das Dumme war jedoch, dass Christina weiterhin nur Augen für Henning hatte und nicht ahnte, wie es in ihm, Axel, aussah. Es würde sie auch nicht interessieren, wenn sie es wüsste. Amüsieren vielleicht, aber mehr auch nicht. Er sollte für sie weiterhin die Rolle des Freundes, des großen Bruders spielen, das machte sie ihm immer wieder deutlich. Er war ein Neutrum für sie, ein geschlechtsloses Wesen, zu dem man des Nachts einfach so ins Schlafzimmer kommen konnte ohne einen Gedanken daran, was das auch bei einem Neutrum anrichten konnte. Christinas Verhalten ihm gegenüber schmerzte und enttäuschte Axel so sehr, dass er nicht anders hatte handeln können. Er hatte sie aus seinem Zimmer geworfen und danach die ganze Nacht schlaflos dagelegen. Am nächsten Morgen hatte er so früh das Haus verlassen, dass er schon eine Stunde Joggen hinter sich hatte, bevor der Platzwart zum Dienst erschien und ihn in die Trainingshalle ließ.

Axel fühlte sofort, dass etwas nicht stimmte, als er seine Wohnungstür aufschloss. Sein erster Gedanke galt Christina und er wusste plötzlich, dass sie nicht mehr da war. Es war ein Gefühl, eine Ahnung, und eigentlich war es unnötig, zum Gästezimmer zu eilen und einen Blick hineinzuwerfen. Er tat es trotzdem und stand dann wie betäubt da, als die Ahnung zur Gewissheit wurde. Das Zimmer war aufgeräumt und sah so unbewohnt aus, wie vor Christinas Einzug. Trotzdem öffnete Axel die knarrenden Türen des alten Bauernschrankes. Er war leer. Alle ihre Kleider waren fort. Auch im Bad fand sich keine Spur mehr von Christina. Auf dem Tisch im Wohnzimmer fand er schließlich den Wohnungsschlüssel zusammen mit einer Grußkarte. »Danke für alles, Tina«, stand darauf. Sonst nichts. Keine Anschrift, keine Telefonnummer. Nur diese vier Worte. Lange hielt Axel die Karte in der Hand und starrte darauf. Er fühlte sich vollkommen leer, beinahe wie tot. Warum war sie gegangen? Ohne vorher mit ihm zu sprechen. Hatte Henning Schluss gemacht? Hatte Christina in der Nacht mit ihm darüber reden wollen? Irrte sie jetzt durch die Gegend, bereit sich umzubringen vor Kummer? Nein, dann hätte sie ihre Sachen nicht mitgenommen, versuchte Axel sich zu beruhigen. Was war gestern zwischen Henning und ihr passiert? Das musste er wissen. Ohne langes Zögern griff Axel zum Telefon. Seine Hände zitterten leicht als er Hennings Nummer wählte.

»Christina ist weg«, sagte er sofort als Mona sich meldete.

»Oh Axel, nein!«, rief diese bestürzt aus.

»Sie ist fort. Einfach so, ohne ein Wort.«

»Axel, das tut mir leid. Was ist passiert? Habt ihr gestritten?«

»Wir streiten doch laufend! Aber doch nicht so, dass sie einfach geht.«

»Rufe Christina zu Hause in München an und rede in aller Ruhe mit ihr. Sage ihr, dass du sie liebst. Bitte sie, zurückzukommen.«

»Das hat doch keinen Sinn.«

»Wie kannst du so etwas sagen?! Natürlich hat das einen Sinn, Axel! Sei jetzt bloß nicht zu stolz. Du kannst Christina nicht einfach so gehen lassen. Das weißt du doch selber, nicht wahr?«

»Ich weiß gar nichts mehr. Ich weiß nicht einmal, warum ich angerufen habe.«

»Möchtest du lieber mit Henning sprechen? Er ist draußen im Garten mit den Kindern. Warte, ich rufe ihn.«

»Nein, nicht nötig. Danke, Mona.«

Nachdem Axel den Hörer aufgelegt hatte, stand er eine Weile unschlüssig da. Einem plötzlichen Impuls folgend nahm er den Bilderrahmen vom Kaminsims und warf sich in einen Sessel. Sein Herz tat weh als er auf das Foto sah, das Christina und ihn auf dem Balkon zeigte. Sie umarmten sich und sahen sich lächelnd an. Die Szene war gestellt, keine Frage. Trotzdem sahen sie wie zwei Verliebte aus. Der Journalist hatte ihm die Fotos einige Tage nach dem Interview zugeschickt. Christina war einverstanden gewesen mit seinem Vorschlag, eines zu rahmen und im Wohnzimmer aufzustellen. >Kann ich auch eins haben? Als Andenken an unsere Freundschaft<, hatte sie spontan gefragt. Daran erinnerte Axel sich jetzt. Er sprang aus dem Sessel hoch, eilte ins Gästezimmer und durchsuchte fieberhaft Schrank, Kommode und Schreibtischschubladen. Das Foto fand er nicht. Christina hatte es mitgenommen. Warum hatte sie das getan? Es bedeutete ihr doch nichts, oder? Tief in Gedanken versunken kehrte Axel zurück ins Wohnzimmer. Warum war Christina gegangen? Zwei Wochen vor seinem Kampf. Und ihm war es so wichtig, dass sie dabei war. Er hatte ihr sogar schon eine VIP-Karte gegeben. Aber warum sollte sie sich seinen Kampf ansehen wollen? Das interessiert sie doch gar nicht. Sie liebte Henning. Er war doch nie ein Mann für sie gewesen, nur ein geschlechtsloses Neutrum. Mehr gab es dazu eigentlich nicht zu sagen. Wie gut würde es jetzt tun, mit einem Freund reden, sich das Herz ausschütten zu können und sich ein wenig bedauern zu lassen. Aber alle seine Freunde aus der Abiturklasse waren zum Studium in den Westen gegangen, manche sogar in die USA. Axel hatte sich als einziger für einen anderen Weg entschieden. Er hatte sein Abitur nur auf Druck seiner Eltern gemacht. Seine mittelmäßige Abschlussnote kümmerte ihn wenig, denn er wusste längst, dass er eine Sportlaufbahn einschlagen wollte. Durch seinen Trainer im Berliner Box-Club, der an ihn und sein Talent glaubte und ihn entsprechend gefördert hatte, hatte er nach dem Abitur Kontakt zu einer Sportagentur bekommen, bei der er sich wohlfühlte, gut aufgehoben und hervorragend betreut vom Juniorchef

Henning Westermann. Sie verstanden sich auf Anhieb, hatten die gleiche Wellenlänge und wurden schnell Freunde. Trotz eines Altersunterschiedes von zehn Jahren beruhte diese Freundschaft auf gegenseitigem Respekt und Vertrauen. Henning hatte ihn nach Schwerin geholt, zu Horst Gerlach, einem international anerkannten Erfolgstrainer. Er hatte dafür gesorgt, dass Axel die ersten Preisgelder, die er bekam, in den Kauf eines Hauses investierte. Er kümmerte sich um lukrative Werbeverträge, TV-Auftritte und vor allem natürlich um Titelkämpfe, die ihn in seiner Karriere voranbrachten. Henning war nicht nur sein Manager, sein Mädchen für alles, sondern vor allem und in erster Linie sein Freund. Ein Freund, auf den er sich verlassen konnte und den er in seiner jetzigen Situation dringend gebraucht hätte. Aber Henning war der Letzte, den er anrufen konnte. Heute nicht, und auch in Zukunft nicht. Axel wusste nicht zu sagen, ob er jemals wieder unbefangen mit Henning würde umgehen können, und ob er das überhaupt noch wollte.

Auf diese Frage gab es auch am nächsten Morgen keine endgültige Klarheit. Axel war gerade im Begriff, in sein Auto zu steigen, um zum Training zu fahren, als überraschend der Wagen seines Managers hinter ihm zum Stehen kam. Henning stieg aus und eilte mit großen Schritten auf ihn zu.

»Was hast du mit Christina gemacht?«, rief Henning Axel schon von Weitem zu. Er grüßte nicht einmal. Sein blasses Gesicht war finster, sein Mund zu einem schmalen Strich verzogen. »Wie hast du es geschafft, uns auseinander zu bringen?«

»Die Frage ist doch wohl, was hast *du* gemacht? Warum ist sie gegangen?«, entgegnete Axel überrumpelt.

»Hat Christina dir denn nichts gesagt?«

»Nein, kein Wort. Als ich gestern nach Hause kam, war sie fort.«

»Sie sagte mir, sie liebt mich nicht mehr. Einfach so. Sie liebt mich nicht mehr. Keine Begründung, gar nichts! Verstehst du das? - Das kann doch nicht sein!«

Stumm sah Axel Henning an. Dessen Kummer darüber, dass Christina ihn verlassen hatte, war echt Daran bestand kein Zweifel. Er musste nur in Hennings Gesicht sehen, um zu wissen, wie der sich gerade fühlte. Und er, Axel, was fühlte er? Dass Christina Schwerin verließ, war doch genau das, was er gehofft hatte, was er geplant hatte. Er hatte es tatsächlich geschafft. Er hatte die beiden auseinandergebracht. Warum jubelte er nicht? Warum freute er sich nicht? Er hatte doch nicht etwa Gewissensbisse seinem Freund gegenüber? Wohl kaum!

»Mein erster Gedanke war, du steckst dahinter. Du hättest irgendetwas getan, etwas gesagt ...«

»Sei froh, dass es zu Ende ist. Dass es aus ist, bevor Mona etwas gemerkt hat.«

»Das alles kann nur ein Irrtum sein. Ich rufe Christina an. Sie muss zurückkommen. Ich liebe sie doch ...«

Axels Lust, Henning noch länger zuzuhören, bewegte sich gegen Null. Ohne ein Wort zu sagen, stieg er in sein Auto, startete den Motor und fuhr davon. Er ließ einen sprachlosen Henning zurück, der ihm verwundert nachsah.

18. Kapitel

Hör auf damit, mich wie ein Neutrum zu behandeln!< Immer wieder auf ihrem langen Heimweg nach München hörte Christina Axels Worte. Sie konnte an nichts anderes denken, als an die Wut in seiner Stimme und an seine Hände, die so fest ihre Oberarme gepackt hatten, dass es auch heute noch schmerzte. Wie benommen war sie gestern Nacht in ihr Zimmer zurückgegangen. Sie hatte bis zum Morgen schlaflos dagelegen und darüber nachgedacht, was Axels Worten bedeuteten. Sie hätte aufstehen und ihn danach fragen können, als sie ihn am Morgen in der Küche rumoren hörte. Aber dazu hatte ihr der Mut gefehlt. Sie wollte sich nicht noch einmal von ihm so abkanzeln lassen. Seit Tagen schon hatte er eine dermaßen schlechte Laune, dass sie ihm aus dem Weg gegangen war. Er hatte dasselbe getan, so dass sie sich kaum mehr gesehen hatten. Was war ihr bloß eingefallen, trotzdem gestern Nacht einfach in sein Schlafzimmer zu gehen, um ihm zu sagen, sie liebe ihn? Hatte sie völlig den Verstand verloren?! Welche Reaktion hatte sie von ihm erwartet, hätte er sie ausreden lassen? Dass er sich freute? Wohl kaum. Er hätte sie ausgelacht. Er hätte sie voller Schadenfreude darauf hingewiesen, dass er ihr bereits bei ihrer Ankunft in Schwerin prophezeit hatte, dass sie sich eines Tages ohne Henning auf die Heimreise nach München machen würde, weil entweder er genug von ihr hatte oder sie von ihm. Das alles hätte er ihr mit Genugtuung gesagt, das wusste Christina. Sie konnte froh sein, dass Axel sie aus seinem Zimmer gejagt hatte, bevor sie sich bis auf die Knochen blamiert hätte. Sie hatte wieder einmal zu spontan gehandelt, ohne sich vorher darüber Gedanken zu machen, ob ihr Geständnis willkommen sein würde. Auch wenn *ihr* plötzlich bewusst geworden war, dass sie Axel liebte, bedeutete das noch lange nicht, dass *er* ihre Gefühle erwiderte. Nichts an seinem Verhalten hatte doch jemals darauf hingewiesen, dass er mehr für sie empfand als Freundschaft. Wie peinlich wäre es gewesen, wenn Axel sie nach ihrer Liebeserklärung einfach fortgeschickt hätte. Sie hätte ihm nie wieder ins Gesicht sehen können.

Bei der Erinnerung an die vergangene Nacht kämpfte Christina mit den Tränen. Sie saß zwar alleine in ihrem Abteil, aber sie wollte nicht weinen. Sie wusste zwar, sie hatte die richtige Entscheidung getroffen, Schwerin zu verlassen, trotzdem war sie traurig. Sie liebte Henning nicht mehr, und Axel liebte sie nicht. Es gab also keinen Grund, noch länger zu bleiben. Sie war ohne Abschied, ohne Erklärung gegangen. Um Axel nicht zu begegnen, hatte sie am Morgen gewartet, bis er die Wohnung verließ, um zu seinem täglichen Training zu fahren. Das war heute ungewöhnlich früh gewesen. Kaum hatte sich die Tür hinter ihm geschlossen, hatte sie zum Telefon gegriffen und sich ein Taxi bestellt, das sie und ihre bereits in der Nacht gepackten Koffer zum Bahnhof brachte. Und nun saß sie hier, in ihrem Erster-Klasse-Abteil und sah auf die vorüberfliegende Landschaft, ohne etwas wahrzunehmen. Irgendwie fühlte sie sich wie tot und nicht in der Lage, einen klaren Gedanken zu fassen. Müde und erschöpft von den Ereignissen der letzten vierundzwanzig Stunden schloss Christina die Augen. Und sah Axel vor sich. Groß und blond, mit seinem athletisch durchtrainierten Körper, den sie oft genug verstohlen bewundert hatte. Wie gut Axel aussah und wie liebenswert er im Grunde war, wusste Christina erst seit kurzer Zeit, seit sie beide nicht mehr aufeinander losgingen, wie zu Anfang, sondern Freunde geworden waren. Da hatte Axel immer öfter ein anderes Gesicht gezeigt, auch wenn er immer noch verletzend sein konnte. Sie hatte es jedoch meistens geschafft, seine Frechheiten entweder zu ignorieren oder mit passenden Worten zu parieren. Das hatte ihm anscheinend gefallen, denn sein Verhalten ihr gegenüber veränderte sich immer mehr zum Positiven. Bis vor wenigen Tagen. Bis Axel aus welchen Gründen auch immer in sein altes Verhaltensmuster zurückgefallen war. Seitdem war er wieder genauso unausstehlich wie zu Anfang, als sie sich kennengelernt hatten. Christina dachte mit Wehmut an die schönen Zeiten mit ihm, an ihre gemütlichen Kneipenbesuche, die Radtouren um den Schweriner See herum, die langen Spaziergänge, ganz freundschaftlich Hand in Hand, und dabei über alles Mögliche diskutierend. Einmal hatten sie sogar auf der Straße getanzt. Im Autoradio spielte ein sentimentaler, alter Evergreen, als Axel heftig auf die Bremse trat und seinen Wagen am Straßenrand anhielt. Ohne ein Wort zu sagen, war er ausgestiegen und hatte die Beifahrertür geöffnet.

»Komm, lass uns tanzen.«

»Hier? Auf der Straße?«

»Ja, warum nicht? Bis wir zu Hause sind, ist die Musik vorbei.«

Christina lächelte bei dem Gedanken, wie sie miteinander getanzt hatten, mitten in der Nacht, auf der menschenleeren Straße. Es hatte Spaß gemacht, mit Axel zusammen zu sein. Alles hatte Spaß gemacht mit ihm. Henning war immer darauf bedacht gewesen, dass sie niemand zusammen sah und niemand die Wahrheit erfuhr, dass die Frau an Axels Seite in Wahrheit *seine* Freundin war. Notgedrungen hatte sie das akzeptiert, aber es hatte sie immer öfter gestört und – wenn sie ehrlich war – auch verletzt. Axel war immer da, fröhlich und unbekümmert. Henning dagegen war nie da, und wenn sie sich einmal trafen, war er meistens sehr distanziert aus Rücksicht auf all die Menschen, die ständig um ihn herum waren. Das alles hatte wohl dazu beigetragen, dass ihre Liebe immer weniger wurde, bis zuletzt nichts mehr davon übrig geblieben war.

Vor acht Wochen war Christina überschäumend vor Glück und bis über beide Ohren verliebt aus München abgereist. Ihre Rückkehr in die elterliche Villa in Starnberg war dagegen ein trauriger Anlass. Ein kleiner Trost war, dass sie das Haus für sich alleine hatte. Ihre Eltern waren in New York, Tilde bei ihrer Schwester in Bad Tölz. Der Gärtner kümmerte sich um den Rasen und seine Pflanzen, und ließ sich ansonsten nicht blicken. Christina war das sehr recht. Sie wollte keine Gesellschaft, sie wollte niemandem Rechenschaft ablegen, und mit niemandem über ihre Erlebnisse in Schwerin sprechen. Sie dachte kurz darüber nach, zu ihrem Großvater nach Genf zu fahren, entschied sich aber dagegen. Sie brauchte noch eine Weile, um alleine und in Ruhe trauern zu können. Erst wenn sie in der Lage war, mit ihm über Axel zu sprechen ohne dabei in Tränen auszubrechen, wollte sie sich auf den Weg zu ihm machen, um ihm alles zu erzählen und sich von ihm trösten zu lassen.

Was auch immer Christina in den nächsten Tagen tat, Axel war in Gedanken immer bei ihr. Abends war es besonders schlimm. Mit seinem Teddybär im Arm, den sie einfach mitgenommen hatte, lag sie im Bett und sah auf das Foto, auf dem Axel und sie eng aneinander gekuschelt auf dem Sofa lagen. Damals waren sie gerade Freunde geworden, die fröhlich und unbekümmert miteinander umgingen. Aber seit dem Tag, an dem sie endlich gemerkt hatte, dass sie Axel liebte, war sie nur noch traurig und unglücklich. Sie hätte gerne gewusst, was er jetzt gerade machte. War er glücklich, dass sein Plan funktioniert hatte, Henning und sie auseinanderzubringen? War er zufrieden, dass sie fort war? Aber irgendwie gelang es ihr nicht, sich einen glücklichen und zufriedenen Axel vorzustellen. Und noch traute Christina sich nicht, darüber nachzudenken, warum sie ihn nicht jubelnd und triumphierend vor sich sehen konnte, weil er sein Ziel erreicht hatte.

Eines Nachts, als der Schlaf wieder einmal nicht kommen wollte, knipste Christina das Licht an ihrem Bett wieder an. Sie griff nach dem Bären, der neben ihrem Kopfkissen saß, und sah ihn an. Freundlich erwiderte der Bär ihren Blick. Christina hatte ihn einfach mitgenommen, den Bär und ein T-Shirt von Axel. Es war wie ein Zwang gewesen, dem sie nicht hatte widerstehen können. Sie musste einfach etwas haben, das ihm gehörte, das er getragen hatte, das er früher einmal in den Arm genommen hatte.

Christina atmete einige Male tief ein. Sie brauchte jetzt all ihren Mut, bevor sie sich traute, mit heftigem Herzklopfen ihre Frage zu stellen. »Du weißt, dass ich Axel liebe, nicht wahr?«

Aus seinen braunen Knopfaugen sah der Teddy sie an. Er schien zu nicken.

»Ganz schön verrückt, oder? Ich verliebe mich in einen Mann, den ich anfangs gar nicht leiden konnte, und der mich nicht ausstehen kann.«

»Bist du sicher, dass das so ist?«, schien der Bär zu fragen.

»Ja, leider bin ich mir sicher. Erinnere dich, wie er mich behandelt hat, was er alles zu mir gesagt hat. Ich habe ihn nie für ein Neutrum gehalten. Wie kann er so etwas sagen? - Es war schön, Hand in Hand mit ihm am See spazieren zu gehen. Oder mit ihm zu tanzen. Und dieses Gefühl, als seine Hände auf meinem Bauch lagen! Ich liebe seine Hände. Sie sind so groß und kräftig. Ich fühlte mich geborgen und sicher bei ihm. >Deine Taille kann ich mit beiden Händen mühelos umfassen<, hat er beim Tanzen zu mir gesagt. Ich glaube, in der Oper damals hätte er mich beinahe geküsst ...«

Der Bär sah sie aufmerksam an, so als wolle er sagen: »Na? Und was schließt du daraus?«

Christina traute sich fast nicht, ihren Gedanken freien Lauf zu lassen. Dann brach jedoch ein Jubelschrei aus ihr heraus: »Er liebt mich! Er liebt mich! Dass ich das nicht gemerkt habe! Aber ich war ja zu sehr mit Henning beschäftigt. - Axel liebt mich!«

Sie drückte den Bären an sich und bedeckte ihn mit Küssen. Ihre Welt, die seit fast zwei Wochen, seit ihrer Rückkehr aus Schwerin, stillstand und nur noch grau und trübe war, drehte sich plötzlich wieder. Alles um sie herum leuchtete in den schönsten Farben, weil sie wusste, Axel liebte sie.

19. Kapitel

Einige Kilometer vor Stuttgart lenkte Christina ihren Wagen auf den Parkplatz einer Raststätte. Sie nahm den Kleidersack vom Rücksitz und begab sich auf den Weg zu den Waschräumen. Dort zog sie zog Jeans und T-Shirt aus und holte das Kleid hervor, das sie für das Wiedersehen mit Axel ausgewählt hatte. Es würde ihm gefallen, daran zweifelte Christina nicht. Aber erst dann, wenn er wusste, dass sie das Kleid für ihn trug, und nicht für Henning. Es musste ihr daher gelingen, ihm das begreiflich zu machen, bevor er einschnappte, weil er wieder einmal alles missverstand. Christina puderte ihr Gesicht, zog die Lippen nach und schüttelte ihre blonden Locken. Zufrieden sah sie sich im Spiegel an, lächelte sich zu und machte sich dann mit freudigem Herzklopfen auf den Weg zu dem Mann, dem sie heute sagen wollte, dass sie ihn liebte.

Die VIP-Karte, die Axel ihr vor Wochen gegeben hatte und die sie als dem Betreuerstab des Athleten Axel Bergmann zugehörig auswies, verschaffte ihr einen problemlosen Eintritt in die Sporthalle sowie einen Escort-Service zu ihrem Sitzplatz in der ersten Reihe. In der halbleeren Halle sah sie Hennings Frau schon von weitem. Fast gleichzeitig erblickte Mona sie. Christina freute sich, dass sie mit Henning mitgekommen war, und ihr strahlendes Lächeln ließ darauf schließen, dass Mona ihre Freude teilte und ihr ihren grußlosen Weggang nicht übel nahm.

»Christina! Wie schön, dich zu sehen! Ich freue mich, dass du gekommen bist.«

»Ich freue mich auch, dich zu sehen, Mona«, gestand Christina ehrlich, während sie die herzliche Umarmung erwiderte.

»Ich bin so froh, dass du gekommen bist«, wiederholte Mona. »Wie wird Axel sich freuen! Der arme Junge ist sehr unglücklich, seitdem du fort bist.«

»Ich hatte das Gefühl, ich müsse gehen. Es war … Ich war …«

»Warum hast du mich nicht angerufen, bevor du gegangen bist?«

»Sei nicht böse, Mona. Aber mit meinem Gefühlschaos musste ich alleine fertig werden. Ich war ziemlich durcheinander. Ich wusste nicht, was ich tun sollte. Es tut mir leid. Ich weiß, ich hätte mich längst bei dir melden müssen.«

»Schon gut«, wischte Mona Christinas Verlegenheit beiseite. »Aber jetzt ist alles wieder gut zwischen Axel und dir? Weiß er, dass du hier bist?«

»Nein, er hat keine Ahnung. Ich weiß nicht, wie wir zueinander stehen. Aber ich weiß, dass ich ihn liebe. Sehr sogar.«

»Er liebt dich auch.«

»Bist du sicher, Mona?« So überzeugt, wie sie gern sein würde, war Christina leider nicht.

»Ja, ich bin ganz sicher. Mach dir keine Gedanken, alles ist gut. - Es ist sehr schade, dass wir ihm nicht sagen können, dass du hier bist. Wir dürfen nicht zu ihm in die Kabine und es ist niemand hier, den wir hinschicken könnten. Sie sind ja alle bei Axel. Henning muss nachher zu Horst gehen, damit der Axel Bescheid gibt, bevor der Kampf beginnt.«

Das tat Henning eine Stunde später. Ungern zwar, aber er tat, worum seine Frau ihn bat. Horst jedoch wehrte entschieden ab. »Lass den Jungen jetzt in Ruhe. Wenn ich es ihm sage, wird er nicht mehr so konzentriert kämpfen können.«

Mit dieser Nachricht vom Trainer bahnte sich Henning seinen Weg zurück zu den beiden Frauen und nahm seinen Platz neben Mona wieder ein. Er fühlte sich befangen in Christinas Nähe. Es war gerade einmal zwei Wochen her, als sie ihm mitgeteilt hatte, sie liebe ihn nicht mehr. Seine kurz aufblitzende Hoffnung, sie habe es sich anders überlegt, als er sie überraschend neben Mona sitzen sah, zerplatzte gleich bei der Begrüßung. Alles an Christina sprach dafür, dass sie ihre Meinung nicht geändert hatte. Er jedoch liebte sie immer noch. Wie schön sie war. Besonders heute. Henning konnte sie nicht ansehen, ohne dass sein ganzer Körper schmerzte. Er war eifersüchtig auf Axel. Christina hatte sich in seinen Freund verliebt und der sich in sie, das wusste er. Er ließ sich nicht länger täuschen. Axel, sein Freund, den er gebeten hatte, auf das Mädchen, das er liebte, aufzupassen, hatte einen Verrat begangen, der nicht zu entschuldigen war. Wann war es passiert? Die beiden konnten sich doch überhaupt nicht leiden. Das hatte er doch immer wieder voller Sorge beobachtet, und Christina hatte sich immer wieder über Axel beklagt. Aber es war geschehen. Und er war nicht ganz schuldlos daran. Er hätte Christina niemals bei Axel lassen dürfen. Er war völlig fassungslos gewesen, als sie ihm sagte, sie liebe ihn nicht mehr. Er konnte es bis heute weder verstehen, noch es akzeptieren. Es fiel ihm auch deshalb so schwer zu begreifen, dass es für Christina tatsächlich aus war, weil sie sich geweigert hatte, ihre Entscheidung zu begründen. Es war vorbei, was noch nicht einmal richtig angefangen hatte. Mangels Gelegenheit war es bis zum Schluss keine sexuelle Beziehung gewesen, die sie beide miteinander verband. Es war einfach nur Liebe. War das der Fehler gewesen?, überlegte Henning seitdem. Hätte er sich stärker über seine Skrupel seiner Ehefrau gegenüber hinwegsetzen und mit

Christina schlafen sollen? Sie war dazu bereit gewesen, das hatte sie ihm signalisiert. Vielleicht hätte er es tun müssen, um sie damit emotional stärker an sich zu binden. Wer weiß, vielleicht hätte das ihre Liebe zu ihm so stark werden lassen, dass sie ihn niemals verlassen hätte. Henning träumte immer noch von einem Leben mit Christina. Ihr Verhalten zeigte ihm jedoch deutlich, dass dieser Traum ausgeträumt war. Sie hatte ihn freundlich und völlig unbefangen begrüßt, wie einen guten alten Bekannten. Nichts an ihr verriet, dass sie ihn einmal geliebt hatte. Seine Gefühle für sie waren nicht so schnell vergangen. Obwohl er sich immer noch nicht sicher war, ob er wirklich seine Familie verlassen hätte, bedauerte er, was geschehen war. Er liebte Christina. Aber er liebte auch seine Frau und seine Kinder. Die Entscheidung, mit welcher Frau er den Rest seines Lebens verbringen wollte, hatte Christina ihm nun abgenommen. Sie hatte ihre Wahl getroffen.

Axel verlor seinen Kampf. Er hatte seinen Traum, sein großes Ziel, Weltmeister in seiner Gewichtsklasse zu werden, nicht erreicht.

Christina war den Tränen nahe. Sie wusste, wie sehr Axel von seinem Sieg überzeugt gewesen war. Wie hart er für dieses Ziel trainiert hatte, hatte sie in den Wochen, die sie bei ihm gewesen war, miterlebt. Wie bitter enttäuscht musste er jetzt sein. Christina spürte tief in ihrem Herzen den Wunsch, zu ihm zu laufen, ihn in den Arm zu nehmen und zu trösten. Aber anstatt diesem Bedürfnis nachzugeben, saß sie wie festgenagelt auf ihrem Platz und sah mit großen Augen auf den Boxring, in dem sich jetzt so viele Menschen befanden, dass sie Axel kaum mehr sehen konnte. Sie fühlte sich wie betäubt. Die gellenden Pfiffe der Zuschauer, die Axel als Sieger sahen und daher mit dem verkündeten Ergebnis nicht einverstanden waren, dröhnten in ihren Ohren. Christina kam erst zu sich, als

Mona nach ihrer Hand griff, diese kräftig drückte und mit dem Finger in Richtung Ring zeigte. Der Lärm in der Halle war so ohrenbetäubend, dass sie Monas Worte nicht verstehen konnte. Aber sie sah, dass Axel im Begriff war, durch die Seile zu klettern, um den Ring zu verlassen. Sie handelte spontan, ohne lange zu überlegen. Sie stand auf, lief die Sitzreihe entlang und drängelte sich durch die vielen Menschen, die ihr im Weg standen. Entschlossen zwängte sie sich durch die Sicherheitsleute hindurch. Bevor diese reagieren und sie zurückhalten konnten, war sie bei Axel angekommen.

Sie standen sich gegenüber. Axel in seiner Boxshorts, mit verschwitztem Oberkörper und einem vom Kampf gezeichneten Gesicht, über das der Schweiß in Strömen rann. Und Christina, wunderschön anzusehen in ihrem hübschen, sexy Kleid. Einige Zeitungs- und TV-Leute richteten sofort ihre Kameras auf die beiden. So mancher Reporter hatte wohl das Gefühl, dass sich hier etwas abspielte, was die Ereignisse im Ring eventuell noch übertreffen könnte.

Axel sah Christina an, ohne sie bewusst wahrzunehmen. Er sah zwar direkt in ihre Augen, aber Christina hatte das Gefühl, als sei er weit weg. Ihr Herz klopfte wie wild. Sie hatte Angst, dass er einfach weitergehen würde. Ihre Panik war so groß, dass sie nicht in der Lage war, etwas zu sagen oder etwas zu tun. Das alles dauerte nur wenige Sekunden, erschien ihr aber wie eine Ewigkeit. Als sie bemerkte, dass sich seine Augen auf sie fokussierten, hielt sie den Atem an. Axels Gesicht verzog sich zu einem Lächeln. Schwach zwar nach der Enttäuschung, die er gerade erlitten hatte. Aber er sah, dass Christina vor ihm stand. Und er lächelte sie an, überrascht, aber sichtlich erfreut, sie hier zu sehen.

Alles Weitere spielte sich ab wie in einem Drehbuch für eine Hollywood-Romanze. Christina fühlte Axels Arme um sich. Sie fühlte das warme Leder seiner Boxhandschuhe auf ihrem Rücken. Und obwohl ihm der Schweiß in Strömen das Gesicht, den Körper hinunterlief, drückte er sie fest an seine Brust. Er beugte sich hinunter zu ihrem Gesicht. Und dann küsste er sie. Als Christina überglücklich die Arme um seinen Hals schlang und seinen Kuss erwiderte, verschwand der Lärm in der Halle, das Toben der Zuschauer. Sie sah nichts mehr, sie hörte nichts mehr. Sie fühlte nur noch Axel, der sie mitnahm in den siebten Himmel.

Wenn Christina jetzt allerdings geglaubt hatte, mit diesem Kuss sei alles in Ordnung, dann war das ein Irrtum. Nichts war in Ordnung. Axel hatte immer noch seine Boxhandschuhe an; seine Betreuer waren noch nicht so nahe an ihn herangekommen, um ihm beim Ausziehen behilflich zu sein. Mit dem Gefühl eines riesigen Handschuhs auf ihrem Rücken wurde sie von Axel durch den Gang vor ihm her aus der Halle zu den Umkleidekabinen der Sportler geschoben.

»Setz dich dort hin«, sagte Axel knapp. Er deutete mit dem Kopf auf die beiden Kunstledersofas, zwischen denen sich ein langgestreckter flacher Tisch befand, auf dem eine Anzahl von Mineralwasserflaschen und Gläsern standen.

Axel sah Christina nicht an, als er hinzufügte: »Tut mir leid das gerade. Ich hoffe für dich, dass Henning es nicht gesehen hat.«

Bevor Christina, die wie vom Donner gerührt dastand und Axel fassungslos ansah, auf seine Worte reagieren konnte, war er bereits an der Tür zu seiner Kabine und verschwand darin. Horst, der ihm wartend die Tür aufhielt, sah ratlos und überrascht von seinem Schützling auf das Mädchen, das er bis jetzt für die Geliebte des Managers gehalten hatte. Dann folgte er Axel.

Christina stand immer noch da und sah sprachlos auf die geschlossene Tür, als Henning und Mona nach kurzer Zeit bei der Sitzgruppe anlangten. Während ihr Mann sofort in der Kabine verschwand, eilte Mona mit schnellen Schritten auf Christina zu.

»Christina! Was ist passiert?«, rief sie erschrocken aus, als sie in das bleiche Gesicht der jungen Frau blickte.

Christinas mühsam aufrechterhaltene Beherrschung brach zusammen. Weinend fiel sie Mona um den Hals. »Er glaubt mir nicht. Er glaubt weiterhin, dass ...« Erschrocken hielt sie inne. Beinahe hätte sie gesagt ›Dass ich Henning immer noch liebe.‹ Dann fing sie wieder zu weinen an.

Tröstend hielt Mona das Mädchen im Arm und streichelte über die langen blonden Haare. Schließlich führte sie Christina zu einem der Sofas und brachte sie dazu, sich zu setzen.

»Hast du Axel gesagt, dass du ihn liebst? Hat er das überhaupt hören können, bei dem Lärm in der Halle?«

»Nein, ich habe ihm nichts sagen können«, schluchzte Christina, während sie mit einem Taschentuch über ihre Wangen wischte. »Er hat mich ja gleich geküsst. Und ich dachte, jetzt ist alles wieder gut. Aber nichts ist gut, gar nichts.« Verzweifelt schlug Christina die Hände vor das Gesicht und begann wieder zu weinen.

»Weine nicht, Christina. Dazu besteht überhaupt kein Grund. Dass Axel dich sofort geküsst hat, ist doch der Beweis, dass er dich liebt.«

»Aber warum ist er dann so abweisend zu mir?«

»Was ich jetzt sage, klingt für dich vielleicht grausam, aber du wirst dich daran gewöhnen müssen. Sportler können schwierig sein, das habe ich durch Hennings Umgang mit den verschiedensten Charakteren gelernt. Nach einem Wettkampf wirst du als Frau oder Freundin zwar geküsst, aber dann bist du eine ganze Weile nicht mehr vorhanden. Dann kommt entweder die Freude oder die Enttäuschung über Sieg oder Niederlage. Und diese Gefühle teilen sie erst viel später mit dir. Zuerst einmal sind jetzt Trainer, Betreuer und all die anderen um sie herum wichtig, nicht du. Das ist nicht schön, aber genauso läuft es ab.«

»Du meinst wirklich, das steckt hinter Axels Verhalten? Nichts anderes?«

»Ich bin mir sicher, dass es so ist. Wie enttäuscht muss er sein. Er hat gut gekämpft, aber die Bewertung der Ringrichter ist eine Schande. Das haben auch die Zuschauer sehr deutlich gezeigt. In der Halle ist der Teufel los. - Du wirst sehen, wenn ihr nachher allein im Hotel seid und er sich ein wenig beruhigt hat, wird alles wieder gut sein. Dann wird Axel dir sagen, dass er dich liebt.«

An Monas Worten, die so beruhigend und tröstend waren, zweifelte Christina jedoch in den nächsten Stunden immer mehr. Zweimal ging Axel in dieser Zeit an ihr vorbei, einmal zur Dopingkontrolle, danach zur Pressekonferenz. Beide Male sah er sie nicht an. Henning kam und setzte sich neben Mona. Auch er sah sie nicht an. Aber damit konnte sie leben. Nicht jedoch damit, dass Axel sie völlig ignorierte.

Axels Gesicht war immer noch finster und verschlossen, als er schließlich mit seiner Sporttasche aus der Kabine kam, gefolgt von Trainer, Manager, Konditionstrainer und all den anderen, die zu seinem Betreuerstab gehörten.

»Kommt, Mädels! Auf ins Hotel«, rief der Trainer in Richtung Sitzgruppe.

Während Christina nach ihrer Handtasche griff, hörte sie Axel sagen: »Ich gehe nicht ins Hotel. Ich will sofort nach Hause.«

»Das kommt nicht in Frage. Du bist zu aufgedreht und voller Adrenalin. Du kannst jetzt nicht noch stundenlang im Auto sitzen«, widersprach Horst sofort.

»Ich weiß selber, was ich kann oder nicht kann! Ich fahre nach Hause!«

»Hast du nicht gehört, was ich gesagt habe?! Wir fahren ins Hotel. Alle! Ohne Ausnahme!«

180

»Komm, wir beide suchen uns eine nette Kneipe und gehen vor dem Zubettgehen noch ein Bier trinken«, schlug Henning beschwichtigend vor, bevor Axel eine heftige Bemerkung in Richtung Trainer machen konnte.

»Geht mir jetzt jemand einen Wagen mieten oder muss ich das selbst tun?«, fragte Axel gereizt, ohne auf Hennings Vorschlag einzugehen. »Dann frage ich mich aber, wofür ich euch eigentlich bezahle.«

»Wir bekommen unser Geld dafür, dass wir genau das tun, was für dich gut ist. Das ist es, wofür du uns bezahlst. Und nicht, damit wir deinen Launen nachgeben«, entgegnete Horst kalt.

»Bist du neuerdings mein Vormund? Mein Vater? Mein Erzieher?«

»Wenn es sein muss, alles zusammen. Auch wenn ich *dafür* nicht bezahlt werde.«

Trainer und Athlet standen sich gegenüber und funkelten sich wütend an.

»Ich will jetzt, verdammt nochmal, sofort nach Hause!!«, fluchte Axel.

»Wir fahren jetzt alle zusammen ins Hotel!! Ohne Ausnahme!«, giftete Horst zurück.

Mona stand sprachlos und fassungslos da und sah auf die beiden Männer. So aufgebracht und wütend aufeinander kannte sie keinen von beiden. Horst und Axel verstanden sich normalerweise blendend. Und auch wenn Horst hin und wieder einmal die Vaterfigur herauskehrte, so hatte doch Axel bisher nie etwas dagegen gehabt. Im Gegenteil, er machte meist Witze darüber und knuffte Horst schon mal in die Seite, wenn der seine Fürsorge wieder einmal übertrieb. Weil sie um das gute Verhältnis der beiden zueinander wusste, war sie jetzt sehr überrascht, diesen bösen, fast verletzenden Ton zu hören, in dem Axel mit Horst sprach. Es steckte mehr hinter Axels Betragen als ein verlorener Kampf. ›Christina hat recht‹, schoss es Mona durch den Kopf. ›Nichts ist in Ordnung.

Er sieht sie ja nicht einmal an. Was ist denn bloß los?‹ Besorgt sah sie auf Christina, die neben ihr stand und das Taschentuch in ihren Händen zerknüllte, während sie mit den Tränen kämpfte.

»Tu was«, sagte Mona leise zu Christina. Sie fasste die junge Frau bei den Schultern und schüttelte sie leicht.

Monas Worte holten Christina aus ihrer Reglosigkeit. Ein kurzer Blick auf Axel zeigte ihr, dass er nahe daran war, die Geduld zu verlieren. Horst und er stritten sich weiterhin. Aber Axel sah so aus, als würde er dem lauten Disput bald ein Ende machen. Hennings Schlichtungsversuche ignorierte er, und auch dem friedenstiftenden Bemühen seines jungen Sparringspartners schenkte er keine Beachtung. Christina wurde schlagartig klar, welche Chance sich ihr bot mit Axels Ankündigung, er wolle sofort nach Hause, und der Weigerung des Trainers, diesem Wunsch zu folgen. Sie besaß glücklicherweise noch ein kleines bisschen Mut, das ausreichte, um mitten in die heftige Diskussion zwischen Axel und Horst hinein mit fester Stimme zu verkünden: »Ich bin mit dem Wagen hier.« Sie sah in Axel Gesicht, sah kurz Überraschung in seinen Augen aufblitzen und fügte sofort hinzu, bevor er Zeit zum Überlegen hatte: »Komm, lass uns fahren.«

Axel erwiderte Christinas Blick. Lange Zeit. Fast zu lange. Dann nahm er endlich seine Sporttasche vom Boden auf und signalisierte damit sein Einverständnis. Ohne sich von den anderen zu verabschieden, gingen Christina und Axel davon. Keiner hielt sie zurück. Auch der Trainer nicht, der sich zum wiederholten Male fragte, was sich da eigentlich zwischen Henning, Axel und diesem Mädchen abspielte.

20. Kapitel

Es herrschte Schweigen zwischen ihnen während der langen Fahrt über die nächtliche Autobahn. Christina wusste nicht, ob Axel wach war oder schlief. Es war schwer, das herauszufinden, denn vom Beifahrersitz war kein Laut zu vernehmen. Sie hätte gerne ein wenig Unterhaltung gehabt. Sie hätte ihm so gerne von ihren Gefühlen erzählt. Aber erst nach etlichen Kilometern Fahrt normalisierte sich ihr rasendes Herzklopfen und auch das heftige Zittern ihrer Hände ließ nach. Erst jetzt hatte sie die Gewissheit, mit ihm reden zu können, ohne dass ihre Stimme bebte.

»Axel?«

Christina warf einen kurzen Seitenblick nach rechts. Axel hatte den Beifahrersitz nach hinten geschoben, die Rückenlehne zurückgeklappt, und lag lang ausgestreckt und mit geschlossenen Augen da. Er antwortete nicht. So blieb Christina zur Unterhaltung auf der Fahrt von Baden-Württemberg nach Mecklenburg nur die leise Musik aus dem Autoradio.

Kaum hatte Christina am frühen Morgen Schwerin erreicht und vor seinem Haus ihren Wagen geparkt, schlug Axel die Augen auf. Schweigend stieg er aus, reckte sich einige Male, und nahm dann ohne ein Wort seine Tasche vom Rücksitz. Er sah Christina nicht an, die unschlüssig hinter dem Lenkrad saß. Wenn sie jetzt nichts sagte, würde er die Tür zuschlagen und gehen, das wusste Christina. Sie wusste doch, wie stur er sein konnte. Er würde ihr keinen Schritt entgegenkommen. Im Gegenteil. Er würde für immer aus ihrem Leben verschwinden und sie würde ihn nie wiedersehen. Das durfte nicht geschehen! Das würde sie nicht zulassen!

Christina atmete einmal tief ein. Sie brauchte jetzt ihren ganzen Mut, ihr ungeheures Selbstbewusstsein und ihre Kessheit, um den Mann zu bekommen, den sie unbedingt haben wollte. Auch wenn es sich dabei um einen vollkommen anderen Mann handelte, als sie ursprünglich geplant hatte.

»Kann ich wieder dein Gästezimmer haben?«, fragte Christina, bevor Axel die Beifahrertür zuschlagen konnte. Ihre Stimme klang fest, und sie war froh darüber. Axel musste nicht wissen, dass ihr Herz zum Zerspringen klopfte.

»Ja«, sagte er nur. Mehr nicht.

Christina griff hastig nach der Reisetasche auf dem Rücksitz, verschloss das Auto und folgte Axel. Schweigend ging er vor ihr her auf die Haustür zu, schweigend erklommen sie die Treppen und betraten die Wohnung.

»Wenn du was brauchst, du kennst dich ja aus«, knurrte Axel, bevor er in sein Zimmer verschwand.

»Danke«, konnte Christina gerade noch sagen. Sie war nicht sicher, ob er ihren Dank überhaupt noch mitbekommen hatte, so schnell war er verschwunden. ›Na warte, du Brummbär. Dir werde ich's zeigen!‹, dachte sie kampfeslustig, bevor sie sich auf den Weg zum Gästezimmer machte. Sie öffnete ihre Reisetasche und legte das Seidennegligé, das sie extra für ihre erste Nacht mit Axel eingepackt hatte, auf das Bett. Und dies würde die erste Nacht mit ihm werden, ob er wollte oder nicht! Nachdem sie eine ausgiebige Dusche genommen hatte, zog sie das Nachthemd an und stand dann eine Weile vor dem Spiegel. Sie zupfte an den dünnen Trägern des silberfarbenen Negligés, bis sie mit dem Sitz zufrieden war. Dann fuhr sie mit den Händen durch ihr Haar. Sie ordnete ihre Locken und rieb sich abschließend einige Male über die

Wangen, bis diese eine rosige Farbe bekamen. Dann war sie bereit. Mit dem Teddy im Arm machte sich Christina auf den Weg zu Axels Zimmer.

Axel richtete sich sofort auf, als sich leise seine Zimmertür öffnete. »Verdammt, Tina! Was soll das?!«, fuhr er sie an. »Bin ich eigentlich gezwungen, in meiner eigenen Wohnung die Schlafzimmertür abzuschließen?!«, fragte er wütend.

»Nein, das bist du nicht«, versicherte ihm Christina. »Aber dieses Mal lasse ich mich nicht von dir fortschicken«, fügte sie energisch hinzu, während sie auf nackten Sohlen an sein Bett trat.

»Was willst du, zum Teufel? Wieder über Henning sprechen?«

»Henning ist unwichtig. Ich wollte dir den Teddy zurückgeben.«

»Den hättest du mir auch in Stuttgart geben können. - Wieso ist Henning auf einmal unwichtig?«

»Er hat mir gesagt, dass du mich liebst.«

»Wer? Henning?«

»Nein, der Teddy.«

»Blödsinn. Er kann gar nicht reden.«

»Mit mir hat er geredet.«

Christina befand sich längst in Axels Bett, unter seiner Decke, an seiner Brust. Sie schaute in sein Gesicht, das jetzt ganz friedlich und - sie irrte sich bestimmt nicht - sehr, sehr glücklich aussah.

»Was genau hat er gesagt?«, wollte Axel wissen. Seine großen, kräftigen Hände lagen auf Christinas Rücken und streichelten sanft über die Haut in ihrem Nacken. Es fühlte sich sensationell gut an.

»Er sagte, Axel liebt dich. Und als ich ihn fragte, bist du sicher, hat er genickt.«

»Und was hast du ihm geantwortet?«

»Ich habe ihm gesagt, dass ich dich liebe.«

»Ist das wahr, Tina? Liebst du mich?«

»Ich liebe dich sogar sehr. Deshalb bin ich gegangen. Ich dachte, du könntest mich nicht leiden. Und diesen Gedanken habe ich plötzlich nicht mehr ausgehalten.«

»Ich war eifersüchtig. Deshalb war ich oft so unfreundlich zu dir.«

»Unfreundlich?! Jetzt untertreibe mal nicht! Du warst einfach eklig!«

»Du hast aber auch ganz schön ausgeteilt.«

»Ja, das stimmt. Heute tut mir das sehr leid. Du bist kein Mistkerl.«

»Und du kein dummes Gör.«

»Danke. Und jetzt küss mich.«

»Nein, sag mir erst ...«

»Küss mich! Bitte noch einmal so wie vorhin.«

»Es tut mir leid, dass ich dich einfach gepackt habe. Erst in der Kabine habe ich bemerkt, dass ich noch die Handschuhe anhatte. Ich war so wütend über das Ergebnis. - Hoffentlich habe ich dein Kleid nicht ruiniert. Ich war ja völlig verschwitzt.«

»Es war toll«, flüsterte Christina Axel ins Ohr.

Axel glaubte, nicht richtig gehört zu haben. »Wie bitte?«

»Ja, wirklich, es war so. Du hast so gut gerochen. Es war einfach unbeschreiblich, in deinen Armen zu sein und von dir geküsst zu werden. Mein Körper fühlte sich an ... Ich weiß nicht ... Ein Gefühl vom Kopf bis in den kleinen Zeh. So etwas habe ich noch nie erlebt. Es war schön.«

»Das hast du noch nie erlebt? Du meinst, du ... du hast ...« Axel wusste nicht mehr weiter.

Sein Unbehagen bei dem Gedanken an leidenschaftliche Liebesnächte zwischen Christina und seinem Freund ließ ihn verstummen. Sie hatte ihm zwar einmal gesagt, es sei noch nie zu Intimitäten zwischen Henning und ihr gekommen. Aber das war während einer ihrer vielen Auseinandersetzungen gewesen, deshalb hatte er ihre Worte nicht ernstgenommen, sondern irgendeine flapsige

Bemerkung gemacht. Worauf Christina ihrerseits mit ihrer üblichen Schnippischkeit reagiert hatte.

»Nein, ich habe noch nie mit einem Mann geschlafen«, gestand sie jetzt frei heraus. »Du wirst der erste Mann in meinem Leben sein. Und das finde ich sehr schön.«

»Oh Gott!«

»Was ist? Freust du dich nicht? Bist du enttäuscht?«

»Nein, Tina, natürlich bin ich nicht enttäuscht. Ich habe nur plötzlich Angst. Du bist solch ein zartes Persönchen. Ich will dir nicht weh tun.«

»Axel, ich liebe dich. Und ich sehne mich danach, mit dir zu schlafen. Und das nicht erst seit heute. Glaube mir, du wirst mir nicht wehtun. – Und nun küss mich endlich!«

»Nein, warte. Zuerst will ich wissen, seit wann du mich liebst.«

»Ich weiß es nicht so genau. Seit der Oper, glaube ich. Ich war ja zu sehr mit Henning beschäftigt. Ich habe lange nicht gemerkt, dass er immer unwichtiger wurde, und dass ich mich in dich verliebt hatte. Genauso war es mit den Bauchschmerzen. Erinnerst du dich an unser Gespräch über deinen Großvater?«

»Na, natürlich. Liebe tut weh, nicht wahr?«

Christina nickte. »Es tat weh, wenn du zur Tür hereinkamst. Und ich habe wirklich geglaubt, dieses seltsame Ziehen im Magen kommt daher, weil du gleich anfangen würdest, mich zu beschimpfen. Aber es hat auch in München wehgetan. Immer wenn ich an dich dachte, tat es weh. Ist es bei dir auch so?«

»Ja, schon eine ganze Weile. Auch eben, als du ins Zimmer kamst. Mein ganzer Körper tut weh vom Kampf, aber Bauchschmerzen habe ich erst seit einigen Minuten.«

»Tue ich dir weh, so wie ich hier auf dir liege?«

»Nein, ganz im Gegenteil. Dein Stubenfliegengewicht zu spüren ist mehr als angenehm.«

»Ich liebe dich, Axel.«

»Ich liebe dich, Tina.«

»Seit wann liebst du mich?«

»An dem Tag, als wir bei Henning und Mona zum Abendessen eingeladen waren, habe ich endlich vor mir selber zugegeben, dass ich mich in ein verwöhntes, zickiges Bankierstöchterchen verliebt habe. Vorher habe ich diesen unsinnigen Gedanken immer schnell beiseitegeschoben.«

»Eigentlich bin ich überhaupt nicht zickig. Verwöhnt schon«, gab Christina zu. »Aber zickig nicht! Und wenn ich es doch einmal war, dann lag das ganz allein an dir.«

»Ich habe das herausgefordert, ich weiß. Und ich gebe zu, es hat mir Spaß gemacht hat, dich zu provozieren«, gestand Axel, wobei er Christina freimütig angrinste.

Sie lachte bei der Erinnerung an ihre heftigen Auseinandersetzungen, die meistens damit geendet hatten, dass sie türenknallend aus dem Zimmer gerannt war. »Wir haben es uns gegenseitig ganz schön schwer gemacht, findest du nicht auch?«

»Es war unser Weg, deiner und meiner. Den mussten wir gehen. Anders hätten wir vielleicht gar nicht zueinander gefunden.«

»Ohne meinen Umweg über Henning hätten wir uns gar nicht kennengelernt. Das wäre zu schade gewesen.«

»Finde ich auch. Ich hatte zwar einige Mühe, dich von deinem Umweg abzubringen. Aber mit ein paar Tricks hat es zum Glück ganz gut geklappt.«

Christina sah Axel überrascht an. »Mit welchen Tricks?«, wollte sie neugierig wissen.

»Das Abendessen bei Henning zu Hause zum Beispiel, das war meine Idee. Mona hätte sich noch eine Weile Zeit gelassen mit ihrer Einladung. Sie war nämlich der Meinung, wir wollten lieber allein sein. Also habe ich sie davon überzeugt, uns endlich einzuladen. Euer gemeinsamer Einkaufsbummel war ebenfalls meine Initiative.

Ich habe sie angerufen und gesagt, sie soll mit dir fahren. Und auch der gemeinsame Opernbesuch ...«

»Ich habe mich so oft über dich geärgert«, gestand Christina. Sie lachte Axel glücklich an. »Und heute bin ich froh, dass du das alles getan hast. Ist das nicht verrückt?«

»Überhaupt nicht. Ich finde, es ist alles absolut richtig so wie es ist. Henning wird bei Mona bleiben. Und du bist bei mir.«

»Du hast lange vor mir gewusst, wie gern ich Mona habe. Ich hätte ihr nie wehtun können.«

»Ja, ich weiß.«

»Halte mich fest, Axel, und lass mich bitte nie wieder los.«

»Darauf kannst du dich verlassen. Ich lasse dich nie wieder gehen, da kannst du sicher sein.«

»Jetzt küss mich endlich!!!«

Axel nahm sanft Christinas Gesicht in seine Hände und ließ sich dann sehr viel Zeit bei der Erfüllung ihres Wunsches.

Der Roman ‚**Sommer in Irland**‘ von Gisa Stoermer ist eine berührende, romantische Liebesgeschichte:

Caren Ashleigh, eine junge englische Adlige, und der irische Musiker Eric Keane lernen sich in London bei einem Einkaufsbummel kennen. Sie finden sich auf den ersten Blick sympathisch. Aus Sympathie wird schnell Verliebtsein. Als Erics Aufenthalt in der britischen Hauptstadt dem Ende zugeht, bittet er Caren, mit ihm in seine Heimat zu kommen. Kaum in Irland eingetroffen, steht Caren plötzlich und unerwartet Kian gegenüber, dem Mann, der einmal die Liebe ihres Lebens war, und der zu allem Unglück Erics bester Freund ist. Eric und Kian leben mit drei Freunden in einer Wohn- und Arbeitsgemeinschaft zusammen in einem Haus im Westen Irlands. Von einer Sekunde auf die andere gerät Caren in einen Strudel von Emotionen und Ereignissen, die sie pausenlos in Atem halten. Ihr Herz schlägt plötzlich nicht mehr nur für *einen* Mann. Die Ankunft der schönen Engländerin bringt auch den Fünf-Männer-Aushalt ziemlich durcheinander. Die Hormone spielen verrückt. Jeder möchte die Zuneigung der jungen Frau gewinnen. Es kommt, wie es kommen muss. Plötzlich gibt es in dem Haus am Atlantik nicht nur Liebe und Zuneigung, sondern auch Verlangen, Eifersucht und Streit. Als Caren merkt, dass sie der Auslöser für die Missstimmung unter den fünf Freunden ist, zieht sie die Konsequenzen. Sie verlässt Irland mit dem Wissen, dass nicht nur *ihr* Herz gebrochen ist. In der Abgeschiedenheit einer Kleinstadt in Cornwall findet sie nicht nur Ruhe und Frieden, sondern auch die Antworten auf nie gestellte Fragen. Und erst jetzt ist Caren in der Lage, auf ihr Herz zu hören und die für sie richtige Entscheidung zu treffen.

Bewertungen zu ‚Sommer in Irland':

- Wunderschöner Liebesroman, der nicht schwarz-weiß erzählt, sondern jede Handlung der einzelnen Figuren sofort begründet und erklärt. Durch die einzelnen Sichtweisen wird einem jede Figur sympathisch und man wird Teil dieser fünf Freunde und leidet und liebt mit Caren, der Hauptfigur mit. Obwohl die Hauptliebesgeschichte mit vielen Verletzungen verbunden ist, kommt sie extrem tief und ehrlich rüber. Ich habe selten ein Buch gelesen, in dem man die tiefe Liebe der Hauptpersonen so intensiv spürt und mitlebt. Sehr, sehr schön!
- Ein Roman voller Liebe und Überraschungen. Mit einzigartigen Charakteren, tollen landschaftlichen Bildern und reichlich Gefühl. Ich würde am liebsten direkt nach Irland reisen, um näher in die beschriebene Welt einzutauchen.
- Wunderschön geschriebene Geschichte. Ich konnte das Buch nicht zur Seite leben, so war ich gefesselt. Einfach toll geschrieben. Das Buch ist fesselnd, spannend, leidenschaftlich…
- Fühlte mich sofort in die Geschichte hineingezogen, lachte und weinte mit den Protagonisten. Ich kann es Romantikern unter uns nur empfehlen.
- Das Buch liest sich toll und ich hatte es bereits nach 1 ½ Tagen durch. Ich war so in die Geschichte um Eric, Caren und Kian versunken, dass ich es richtig schade fand, dass es dann plötzlich schon durchgelesen war. Wünsche mir eine Fortsetzung der Geschichte.

Der Roman ‚**Traumfrau**‘ von Gisa Stoermer ist die Geschichte einer großen Liebe:

Die Jurastudentin Vera von Hochstetten, klug, schön, aber etwas zu sehr angepasst, lebt in Düsseldorf ein ruhiges, zufriedenes Leben an der Seite ihres Jugendfreundes Roy. Sie ist viel zu vernünftig, um an Liebe auf den ersten Blick zu glauben. Das ist nur etwas für Träumer. So denkt sie bis zu dem Tag, an dem Roy seinen Freund Christopher mit nach Hause bringt. Ein Blick in zwei blaue Augen genügt und Veras geordnete Welt steht völlig auf dem Kopf. Sie wehrt sich vergeblich gegen ihre Gefühle für den fremden Mann. Aber es gibt kein Zurück mehr. Nicht zu Roy, nicht in ihr altes, vertrautes Leben mit ihm. Obwohl sie Herzklopfen vor einer ungewissen Zukunft hat, überwindet sie ihre Ängste, setzt sich über alle Hindernisse hinweg und folgt Christopher in seine Heimat Kanada. Noch niemals zuvor hat Vera sich so geliebt und geborgen gefühlt, wie bei diesem Mann. Er verkörpert alles, wonach sie sich immer gesehnt hat. Doch ihr Wunsch nach ewigem Glück in einer Märchenwelt geht nicht in Erfüllung. Nach nicht einmal zwei Ehejahren stürzt Vera von ihrer rosaroten Wolke hinab in die raue Wirklichkeit. Sie muss erkennen, dass ihr Traum von ewiger Liebe tatsächlich nur ein Traum gewesen ist. Obwohl sie Angst vor dem Alleinsein, vor einer ungewissen Zukunft in einem fremden Land hat, verlässt sie ihren Mann und wagt einen Neuanfang ohne ihn. Aber ist Veras Vermutung richtig? Liebt Christopher sie wirklich nicht mehr? Und was ist mit Roy? Welche Rolle spielt er noch in ihrem Leben?

Bewertungen zu ‚Traumfrau‘:

- Ein wunderschöner Roman um die ganz große Liebe. Taschentücher parat halten! Das Buch ist super gut geschrieben. Auf jeden Fall empfehlenswert.

- Ich habe diese wunderschöne, anrührende Liebesgeschichte geliebt und mit den Protagonisten gelitten. Auch ein paar Tränen sind geflossen …

- Ich habe diese Geschichte mit Begeisterung gelesen, einfach nur toll geschrieben. Bitte mehr von solchen Geschichten. Konnte das Buch nicht zur Seite legen, so hat es mich gefesselt. Musste wissen, wie die Geschichte ausgeht. Wirklich fesselnd, spannend und romantisch.

- Ein richtig tolles Buch. Fesselnd und wunderschön zu lesen vom Anfang bis zum Schluss. Danke an die tolle Autorin. Hoffe auf noch weitere Romane von ihr.

- Mir gefiel das Buch ausnehmend gut. Konnte gar nimmer aufhören zu lesen. Zum Entspannen, am Strand, im Urlaub. War mein erstes Buch von dieser Autorin, aber nicht mein letztes!